www.ingramcontent.com/pod-product-compliance
Lightning Source LLC
LaVergne TN
LVHW020441070526
838199LV00063B/4801
9789358722741

مجھے پہچانو

(افسانے)

مرتبہ:

ادارہ آجکل

© Taemeer Publications LLC

Mujhe Pehchano *(Short Stories)*
by: Idara AajKal
Edition: May '2024
Publisher :
Taemeer Publications LLC (Michigan, USA / Hyderabad, India)

ISBN 978-93-5872-274-1

9 789358 722741

مرتب یا ناشر کی پیشگی اجازت کے بغیر اس کتاب کا کوئی بھی حصہ کسی بھی شکل میں بشمول ویب سائٹ پر اپ لوڈنگ کے لیے استعمال نہ کیا جائے۔ نیز اس کتاب پر کسی بھی قسم کے تنازع کو نمٹانے کا اختیار صرف حیدرآباد (تلنگانہ) کی عدلیہ کو ہو گا۔

© تعمیر پبلی کیشنز

کتاب	:	**مجھے پہچانو** (افسانے)
مرتب	:	**ادارہ آجکل**
صنف	:	فکشن
ناشر	:	تعمیر پبلی کیشنز (حیدرآباد، انڈیا)
سالِ اشاعت	:	۲۰۲۴ء
صفحات	:	۱۳۶
سرورق ڈیزائن	:	تعمیر ویب ڈیزائن

فہرست

(۱)	لکشمی	صالحہ عابد حسین	6
(۲)	راہ	واجدہ تبسم	17
(۳)	دل دریا	شرون کمار	33
(۴)	مجھے پہچانو	رام لعل	54
(۵)	نازو	قاضی عبد الستار	68
(۶)	مردہ آدمی کی تصویر	سریندر پرکاش	73
(۷)	متی	کرشن چندر	83
(۸)	ڈھکوسلا	عصمت چغتائی	94
(۹)	پالی ہل کی ایک رات	قرۃ العین حیدر	104
(۱۰)	میمنہ	غیاث احمد گدی	124

صالحہ عابد حسین

لکشمی

"نام"۔

"لکشمی"۔

"کتنے دن کا ہے"۔

"تین مہینے کا"۔

"بچے کے باپ کا نام"۔

"بائی۔ ایک ہو تو بتاؤں"۔

لہجے کی تلخی اور جملے کے کاٹ اس کے دماغ میں جا کر چبھ گئی۔ گھبرا کر اس نے سامنے دیکھا اسے لگا مرجھایا پھول، ٹوٹے کھنڈر، کچلا حسن زندگی میں پہلی بار دیکھ رہی ہے۔ اس عورت کے چہرے کی معصومیت کو معمیت نے دبا لیا تھا۔ کمان جیسے ہونٹوں پر لاتعداد ننھی ننھی لکیریں اور خراشیں پڑی تھیں۔ نتھنے پھڑک رہے تھے۔ آنکھوں سے جیسے چنگاریاں اُٹھ رہی تھیں اور چہرے پر بیک وقت غم، غصے، طنز، حقارت، بے بسی اور مجبوری کے جذبات ناچ رہے تھے۔ کبھی یہ عورت جسے لڑکی کہنا زیادہ صحیح ہوگا۔ بہت حسین ہوگی۔ مگر اب کوئی گلاب کو دونوں ہتھیلیوں میں مسل کر پھینک دے

کوئی تاج محل کو مسمار کردے کوئی میڈونا کی تصویر پر گندے رنگ اُچھال دے۔ لکشمی کے حسن کو بھی اسی طرح مسخ کر دیا گیا تھا۔ اس کی بڑی بڑی سیاہ نیم باز آنکھوں سے جنھیں گھنی سیاہ پلکوں نے ڈھک رکھا تھا ایسے زہریلے تیروں کی باڑھ نکل رہی تھی کہ اسے اپنے سارے جسم میں سوئیاں سی چبھتی محسوس ہونے لگیں۔

اپنی پانچ سالہ مدّت ملازمت میں اسے ایسے کئی کیسوں سے سابقہ پڑا تھا جو سماج کی ٹھکرائی کسی درندے کی ہوس کا شکار یا اپنے جذبات کی رو میں بہہ کر حماقت سے اس گندے ماحول میں پھنسی تھیں۔ جسے سماج اپنے جسم کا پھوڑا سمجھتا۔ ناسور کہتا ہے مگر اس کا مناسب علاج نہیں کرتا۔ مگر اس لڑکی کے ہونٹوں پر طنز و حقارت کی جو لہریں آنکھوں میں غم و غصّہ کا جو طوفان اور سارے وجود پر بے بسی کی سی کیفیت طاری تھی ... . ایسے کیریکٹر سے وہ آج تک دوچار نہ ہوئی تھی۔

اس نے جلدی جلدی کام نپٹا لیا۔ پھر آہستہ سے اُٹھ کر لکشمی کے پاس آئی جو اب اکیلی بنچ پر بیٹھی اسے گھور رہی تھی۔

"لکشمی بائی۔ میں تم سے الگ باتیں کرنا چاہتی ہوں ... ... اپنے گھر کا پتہ ... .."

"گھر میرا گھر ہم بدنصیب عورتوں کے گھر نہیں ہوتا مس صاحب —— وہ تو تم جیسی خوش نصیب لڑکیاں چھین لیتی ہیں۔"

"لکشمی بائی تم جہاں کہو وہیں میں تم سے ملنے آجاؤں گی۔ مجھے تم سے بہت سی باتیں کرنی ہیں۔" اس نے غصّے کو دبا کر لہجے کو نرم کرنے کی کوشش کرتے ہوئے کہا۔

"تم اونچے گھرانے کی پڑھی لکھی لڑکیاں ان گندی نالیوں میں کیسے پیر دھروگی۔ جہاں ہم جیسے موری کے کیڑے رینگتے ہیں۔ .. .."

"مگر لکشمی بائی میں جو کہتی ہوں .. ."

"تم لوگ ہم ابھاگنوں پر اپنی نیکی اور پارسائی کا رعب جماتی ہو۔ پیسہ کمانے کے

یے سوشل سروس کا ڈھونگ رچا کر ہمیں احساس دلاتی ہو کہ دیکھو ہم کتنے نیک کیسے شریف کتنے بلند ہیں تم سے پھر بھی کتنے اچھے ہیں کہ تمہیں ... ..."

"بہن مجھ پر بھروسا کرو۔" وہ اس سے زیادہ کچھ نہ کہہ سکی۔ گلا بھر آیا تھا اور آنکھیں چھلک پڑی تھیں۔ لکشمی اسے دیکھتی رہی ... ... دیکھتی رہی ... ... دھیرے دھیرے اس کے چہرے کا رنگ بدلنا شروع ہوا۔ ہونٹوں کے گوشے کانپے آنکھوں میں آگ کی جگہ پانی نے لی۔ خلوص کی دو بوندوں نے اس کے چہرے پر سے ایک خول سا اُتار دیا۔

"باجی۔ میں یہ نہیں سہار سکوں گی کہ تم جیسی پوتر لڑکی اس کوڑے کے ڈھیر پر پیر دھرے ____ نہیں نہیں باجی میں تمھیں اپنا گھر نہیں دکھاؤں گی۔ کانپ کر اس نے کہا۔

"مگر میرا تو یہ کام ہی ہے لکشمی بہن۔ میں تو ایسے محلوں میں جایا ہی کرتی ہوں۔"

"تم نے مجھے بہن کہا! بہن آہ تو بہن۔ بہن کا یہ حال کیسے دیکھ سکے گی۔

"اچھا تم کل میرے گھر آجانا۔"

"تمھارے گھر جہاں تمھارے ماں باپ بھائی بہن ہوں گے؟ اس کی آواز میں ایسی حسرت، ایسا درد تھا جیسے کلیجہ چیر کر نکال رہی ہو ____ " تمھارے پاک مقدس گھر میں میرے گندے پیر ____ نہیں نہیں ____ باجی ____ مجھے میرے حال پر چھوڑ دو۔ مجھے کسی کی ہمدردی نہیں چاہیئے ____ مجھے کسی سے کوئی بات کرنا نہیں ہے۔ یہاں سب خود غرض ہیں ____ وحشی ہیں۔ درندے ____ بے درد ____ ظالم ____ ہوس پرست "

وہ چیخ رہی تھی۔ دونوں ہاتھوں سے اپنے بال نوچ رہی تھی۔ یہاں تک کہ تھک کر بنچ پر گر پڑی۔ دیکھا تو بے ہوش تھی۔

اسے موقع مل گیا۔ اسپتال کے جنرل وارڈ میں اسے داخل کرا دیا۔ منتظموں کی خوشامد کی کہ اس سے فی الحال کچھ پوچھ گچھ نہ کی جائے۔ نرسوں کی منت سماجت کی کہ اس کا خاص خیال رکھیں اور ڈاکٹر سے کہا کہ اسے نیند اور سکون کی ایسی دوا دے کہ وہ آٹھ دس

گھنٹے آرام سے سو جائے۔

مگر جب وہ یہ سب کچھ کر کے گھر کی طرف جا رہی تھی تو اس کا سر بھاری جسم شل اور دل بے چین تھا۔ گھر پہنچ کر نہ اماں ابا سے باتیں کیں نہ چھوٹے بھائی بہنوں کے ساتھ ہنسی کھیلی نہ اچھی طرح کھانا کھایا۔ رات کو دیر تک تو سو ہی نہ سکی۔ جب بہت دیر بعد آنکھ جھپکی تو بھیانک خواب دیکھتی رہی۔ ایک بار اس نے دیکھا کہ ایک عورت جس کے جسم پر گندے پھوڑے ہیں اور کیڑے رینگ رینگ کر زمین پر پھیل رہے ہیں اس کے برابر کھڑی ہے۔ وہ ڈر کر پرے ہٹتی ہے تو عورت بھیانک قہقہہ لگا کر کہتی ہے ـــــ "بچّے کے باپ کا نام ـــ ایک ہو تو بتاؤں ـــ ایک ہو تو بتاؤں ـــ" اور پھر اپنا منہ اس کے منھ کے قریب کر دیتی ہے۔

اس نے چلانا چاہا مگر لگا جیسے کسی نے دونوں ہاتھوں سے اس کا گلا دبوچ رکھا ہے۔ ایک گھٹی ہوئی چیخ اس کے گلے سے نکلی۔ عورت کی صورت خود اس جیسی تھی۔

اماں گھبرا کر اُٹھ بیٹھیں ـــــ "کیا ہوا بی بی ـــــ ڈر گئی۔ آ میرے پاس آجا۔"

اور جب وہ اماں کے سینے پر سر رکھ کر لیٹی تو لکشمی کا دھیان کر کے اس کی آنکھوں سے آنسو جاری ہو گئے۔

اگلے دن گیارہ بجے تک وہ اسپتال میں اپنے منصبی کاموں میں اُلجھی رہی۔ کئی کیس تھے۔ کسی کا یہیں اسپتال میں داخلہ کرانا تھا۔ ایک کو چھوت کی بیماریوں کے اسپتال میں داخل کرنے کا انتظام کرنا تھا۔ ایک اپریشن کا کیس تھا۔ وہ ان کاموں میں لگی تھی مگر اس کے ذہن میں لکشمی ہی کا خیال پورے وقت رہا۔ اور جب وہ سب کام نبٹا کر اوپر کی منزل میں لکشمی سے ملنے کے لیے چلی تو اس کا دل ایسے دھڑک رہا تھا جیسے کسی بچھڑی سہیلی سے مدت بعد ملاقات ہونے والی ہو۔

اس نے آہستہ سے پردہ ہٹایا۔ اس چھوٹے سے کمرے میں صرف دو بڈ تھے

جن میں سے ایک اس وقت خالی تھا۔ کھڑکی کے برابر کے بڈ پر صاف ستھرے بستر پہ گلے تک سفید چادر سے اپنا جسم ڈھانکے لکشمی لیٹی ہوئی تھی۔ سر ڈھلک کر تکیے سے نیچے آگیا تھا۔ نفرت اور وحشت اور دُکھ کے سیاہ سائے اس وقت اس کے خوابیدہ پرسکون چہرے سے بہت دور تھے۔ ہاتھی دانت کے سے زردی مائل سفید چہرے پر سیاہ پلکوں کا سایہ اور جٹی بھویں کتنی بھلی لگ رہی تھیں۔ کمان جیسے ہونٹوں پر ہلکی سی مُسکان کا گمان ہو رہا تھا۔ وہ کچھ دیر کھڑی اسے دیکھتی رہی۔ پھر پلنگ کے پاس پڑے اسٹول پر بیٹھ کر اس کا سبک نرم ہاتھ اپنے ہاتھ میں لے کر سہلانے لگی۔

لکشمی نے آہستہ سے آنکھیں کھولیں۔ چاروں طرف دیکھا پھر بند کر لیں۔ جیسے خواب سمجھ رہی ہو۔ ذرا دیر بعد گھبرا کر پھر آنکھیں کھول دیں۔ حیران حیران نظروں سے ہر طرف دیکھا۔ ہاتھ سے آنکھوں کو ملا۔ پھر نگاہیں آ کر اس پر ٹک گئیں۔ نگاہیں جن میں حیرانی اجنبیت درد اور محبت کے رنگ یوں ملے جلے تھے جیسے آسمان پر قوس قزح کے رنگوں کا امتزاج۔ جن کو پہچانا جا سکتا ہے الگ نہیں کیا جا سکتا۔

اور پھر لکشمی نے اپنی دونوں باہیں پھیلا دیں' ڈیدی' اور وہ جُھک کر اس کے گلے سے لپٹ گئی جیسے مدتوں بچھڑی بہنیں مل گئی ہوں اور ان دونوں کے بیچ ذات پات مذہب نسل ماحول سماج طبقے نیکی اور بدی کی جو دیواریں کھڑی تھیں وہ خود بخود مسمار ہو گئیں۔

اور لکشمی کی بپتا سُن کر وہ سناٹے میں رہ گئی۔ اس نے گناہ کے گڑھے میں گری بہت سی عورتوں کی کہانیاں سُنی تھیں جن میں کچھ حماقت کا شکار تھیں کچھ ہوس پرستی کی بھینٹ چڑھی تھیں' کچھ مفلسی کی ماری تھیں کچھ کے رنگیلے سیار شوہروں نے انھیں روپیہ کمانے کی مشین بنا رکھا تھا ـــــ اور یہ سب سُن سُن کر وہ غصے سے لرز لرز اُٹھی تھی مگر لکشمی کی داستان نے تو اس کے دل و دماغ کو شل کر دیا۔ اُف دُنیا میں ایسا بھی ہوتا ہے۔ باپ خود اپنی معصوم بیٹی کو یوں بھینٹ چڑھا دے۔

اس کا پاک دیس تہذیب وتمدن کا یہ گہوارہ روحانیت کا مامن امنِ عالم کا علمبردار ہزاروں سال کی سنسکرتی پر نازاں اس کا یہ پیارا یہ مقدس دیس ــــــ اب بھی یہاں ایسی وحشت ناک رسمیں موجود ہیں اب بھی رواج اور مذہب کے نام پر ایسے کھیل کھیلے جا سکتے ہیں۔ اس کا جی چاہتا تھا کسی بات کا یقین نہ کرے۔ مگر لکشمی مجسم اس کے سامنے تھی۔ وہ کیسے اپنے کو دھوکا دے۔

لکشمی کا ایک ایک لفظ اس کے دل پر نقش تھا۔

" دیدی کیوں پوچھتی ہو کون ہوں۔ کہاں کی ہوں۔ بس یہی سمجھ لو کہ اس بمبئی کی کسی گندی نالی میں جنم ہوا ہوگا۔ یہاں ہی پل کر جوان ہوئی ہوں گی جہاں ہر روز ایک نئے مرد سے رشتہ جوڑتی ہوں۔ ہزاروں ان بد بخت بیسواؤں میں سے مجھے بھی سمجھ لو جن کو بھانت بھانت کے مردوں سے سابقہ پڑتا ہے۔ رنگ رنگ کے طرح طرح کی زبانیں بولتے مردوے وحشی اُجڈ، گنوار جاہل مرد اور مہذب تعلیم یافتہ فیشن پرست مرد خدا جانے کہاں کہاں کے مرد ــــــ دُور دُور دیسوں سے آئے غیر ملکی ــــــ سبھی آتے ہیں اور ہم جیسی بدبختوں سے دل بہلا کر چلے جاتے ہیں۔ یوں سمجھو دیدی ہم ایسی بنجر زمینیں ہیں جن پر کوئی نرم دل کسان ہل چلا کر بیج نہیں ڈالتا لہلہاتی کھیتی کی تمنا نہیں کرتا بلکہ ہوس کے بندے ظلم وستم کے پھاوڑے چلا کر ہمارے ذہن جسم دل اور دماغ کو روندتے گزر جاتے ہیں اور مُڑ مُڑ کر نہیں دیکھتے ــــــ میں نہیں جانتی دیدی یہ بدنصیب جان جو میری کوکھ میں پل رہی ہے۔ کب کیسے کہاں سے آئی۔ یہ بدنصیب معصوم رُوح جس کا کوئی باپ نہ ہوگا۔ کوئی گھر نہیں ہوگا۔ کوئی عزت نہیں ہوگی۔ آہ ــــــ جس کا اپنا کوئی دوش بھی نہ ہوگا۔"

پھر وہ تکیے میں مُنہ چھپا کر پھوٹ پھوٹ کر رونے لگی۔

لیکن وہ آج ارادہ کر کے آئی تھی کہ لکشمی کی کہانی سُن کر اس کے دل کا بوجھ ذرا ہلکا کر کے اور ہو سکا تو اس کی بہتری کی کوئی صورت نکال کر ہی واپس

جائے گی۔ اور آخر وہ کئی گھنٹے صرف کرنے کے بعد اس کوشش میں کامیاب ہوئی۔ اگرچہ جب شام ڈھلے وہ واپس اپنے گھر کی طرف جا رہی تھی تو اپنے دل کا سکون لٹا چکی تھی۔ اس تیس رسالہ کنواری شریف زادی کو اس دن یہ محسوس ہوا تھا جیسے اس کی اپنی بیٹی اس کیچڑ میں دھکیل دی گئی ہو۔

بڑی کوشش کر کے میں نے اپنے ماضی کو بھلایا ہے۔ ان ناموں کو ذہن سے کھرچا ہے جنھوں نے مجھے جنم دیا تھا۔ اس علاقے کو بھولی ہوں جہاں کی سوندھی پوتر مٹی میں گھروندے بنا کر بچپن بتایا تھا۔ دیدی میں بھول جانا چاہتی ہوں کہ کبھی میرا اپنا کوئی سندر گاؤں تھا جس کی سیانی رُت میں پیڑوں کی چھایا میں میں نے سکھیوں کے ساتھ جھولے ڈالے تھے۔ میں ان پھولوں کی بو باس یاد کرنا نہیں چاہتی جن کو بالوں میں سجاتی تھی ان ندیوں کی جھنکار جن کے آئینے میں اپنے حُسن کی بہار دیکھ کر لوٹ پوٹ ہو جاتی تھی ان پنچھیوں کے مدھر چہچے اور کلکاریاں جن کو سُن کر سپنوں کے دیس بساتی تھی۔ ہاں ہاں میں نہیں یاد کرنا چاہتی۔ اپنی پانچوں بڑی بہنوں کا لاڈ پیار اس ابھاگن ماں کی ممتا جو مجھے سب سے زیادہ چاہنے کا ڈھونگ رچاتی تھی۔ اس پاپی باپ کے کندھے کی سواری جس سے مجھے اتنا پریم تھا اور جس کی بدولت آج بھی اس حال کو پہنچی ہوں اس ننھے مُنے بھائی کی موہنی صورت جس کے جنم لینے کی قیمت ایک کنواری پوتر کنیا کی لاج سے چکائی گئی ...... دیدی ——— دیدی میں بھول گئی تھی اپنے لچھمن کی وہ پریم بھری نگاہیں وہ شبد جیسے بول اور مضبوط و توانا جسم اور اس کی وہ ڈینگیں کہ وہ اپنی لچھی کے لیے ساری دُنیا کو چھوڑ سکتا ہے۔ ساری دُنیا سے ٹکر لے سکتا ہے ...... میں اپنے کو یہ یقین دلاتی رہی ہوں کہ وہ کوئی سپنا تھا میرے تخیل نے کوئی افسانوی دُنیا گھڑی تھی۔ مگر ہائے یہ پاپی من ——— یہ تو کبھی نہ مانا۔ ہاں دیدی یہ سب باتیں کبھی ٹھوس حقیقت تھیں۔ اسی سورگ میں تمھاری بدنصیب لکشمی نے اپنا بچپن اور نوجوانی کا سُندر

دور گزارا تھا۔

اپنے وطن کا نام نہ بتاؤں گی۔ سارے جہاں کی رُسوائیاں سہار کر بھی میں اس پیاری پوتر سرزمین کا نام بدنام نہیں کرنا چاہتی۔ جہاں مَیں نے جنم لیا تھا۔ ہائے یہاں سے بہت دُور مہا ساگر کے کنارے کھجور اور تاڑ کے پیڑوں کی چھایا میں میرا سُندر گاؤں اب بھی وہاں کی معصوم کنواریوں کی سورگ بنا ہوگا۔

" بڑا اونچا بڑا پُرانا پریوار تھا ـــــــ چاند سورج سے ناتا جوڑنے والا بڑی پُرانی رسمیں اب بھی وہاں موجود تھیں۔ پھر بھی میرے باپ نے اپنی لڑکیوں کو دیسی زبان کے ساتھ ساتھ انگریزی پڑھوائی۔ شاید اس لیے کہ بیاہ کے بازار میں اُونچی قیمت لگ سکے۔

ایک کے بعد ایک ایک دو دو سال کے وقفے سے ہم چھ بہنیں پیدا ہوئیں۔ مَیں سب سے چھوٹی تھی۔ میرا باپ ہر بار بیٹے کی آس لگائے تیاریاں کرتا مُرادیں مانگتا اور ہر بار مایوس ہوکر غصّے سے پاگل ہو اُٹھتا جس کا خمیازہ میری گائے جیسی بے زبان ماں کو بُھگتنا پڑتا۔ بیٹا جو لوک پرلوک میں اس کی نجات کرائے گا اسے نصیب نہ ہوا اور بیٹیاں یہاں بھی نرک ہیں اور شاید وہاں بھی نرک ہی نصیب ہو۔ ایک کے بعد ایک آتی چلی گئیں۔ وہ دعائیں اور دوائیں کرتا رہا مگر میرے بعد ماں کی کوکھ ہری نہ ہوئی۔

" اور آخر اس نے نیا بیاہ رچایا۔ ساٹھ برس کے بڈھے کو دولت کے بل پر پندرہ برس کی کنیا مل گئی۔ اب تک وہ سب باتوں کے باوجود اپنی بیٹیوں کو بہت چاہتا تھا مگر اب ـــــــ اب نئی بیوی کے چاؤ چونچلوں اور بیٹے کی تمنائیں وہ سب کچھ بھول گیا۔ مگر کئی سال گذر گئے۔ نئی ماں کے کوئی بچّہ نہ ہوا۔ باپ منتیں مرادیں اور زیادہ کرتا گیا۔ اور پھر پھر۔۔ ۔۔۔۔"

اس کی پھٹی پھٹی آنکھیں دیکھ کر وہ لرز اُٹھی۔

"ایک بار یہ سب کہہ ڈالو لکشمی تو تمھارے دل کو سکون مل جائے گا۔"

"سکون میرے دل کو سکون۔ پاپوں میں گلے گلے ڈوبی ہستی کو تو شاید تمھارا بھگوان بھی سکون نہ دے سکے۔"

دُکھ بھری ہنسی کے ساتھ اس نے کہا اور خلا میں اسی انداز سے تکنے لگی جیسے اسے کچھ نظر آرہا ہو۔

"آخر نئی ماں کا پاؤں بھاری ہوا۔ باپ کی خوشی اور بدحواسی کی انتہا نہ تھی۔ کہیں اس بار بھی جنم جنم کی بیری بیٹی نہ جنم لے اس فکر میں وہ گھلا جارہا تھا— اور اکثر اس نے کچھ ڈھونگی لوگوں کے سکھلانے سے ایک بہت پرانی رسم کو تازہ کرنے کی منت مانی —— بیٹے کے پیدا ہونے پر اپنی سب سے قیمتی سب سے سُندر سب سے پیاری شے بھگوان کو بھینٹ کرنے کی۔ سینکڑوں سال پہلے اس کے پریوار میں یہ رسم موجود تھی۔ پھر اب کیا ہرج تھا۔ اس کو کرنے میں بھلا جانتی ہو وہ شئے کیا تھی —— باپ کے بیٹا ہوا۔ ماں دن رات روتی بہنیں گھبرائی گھبرائی نظر آتیں۔ مگر میں بہت خوش تھی۔ منا سا پیارا سا پیدا ہوا تھا نا۔ کیا جانتی تھی کہ یہ بھیّا نہیں کالاناگ ہے جو مجھے ڈسنے آیا ہے ......"

"اور بھیّا کے نام رکھنے کی شبھ گھڑی کے سمے باپ نے اپنی سب سے پیاری سب سے سُندر بھینٹ چڑھادی۔ وہ مجھے سب سے زیادہ چاہتا تھا نا تو پھر بھگوان کے چرنوں میں کوئی گھٹیا شئے کیسے بھینٹ کرتا۔ میں سب بہنوں میں سب سے سُندر بھی تو تھی بدنصیب۔

"سجابنا کر —— ہزاروں اینڈی بینڈی رسمیں کرنے کے بعد حیران پریشان چودہ برس کی الہڑ نادان چھوکری کو ایک پُرانے کھنڈر کے راکھشس صورت کھوسٹ مرد کے سامنے لے جاکر مجھے بھینٹ کردیا گیا۔

"آہ دیدی ـــــ آج ـــــ اس حال کو پہنچ کر بھی۔ وہ شرم ناک اور بھیانک گھڑی نہیں بھول پائی ہوں۔ میں روئی پیٹی چیخی چلائی سب کو مارا کاٹا اس راکھشس کو تو نیم جاں ہی کر دیا۔ مگر کبھی سُنا ہے تم نے کہ بھیڑیوں میں گھری ہوئی ان سے جیت پائی ہو۔

میرے باپ کو غیرت نہ آئی میری ماں نے ڈوب کر کنواں گندا نہ کیا۔ میرے منگیتر کا خون نہ کھولا۔ میری بہنوں نے شرم سے جان نہ دیدی آسمان نہ پھٹا زمین نہ دھنسی۔

"پھر ایک دن میں وہاں سے بھاگ کھڑی ہوئی۔ اور جانے کہاں کہاں کی ٹھوکریں کھاتی کیا کچھ سہتی یہاں تمہارے بمبئی پہنچی عزت کی روٹی ـــــ محنت کی کمائی ایسی جوان ایسی حسین اور پھر ایسی بد بخت کے نصیب میں کہیں نہ تھی۔ مگر خوب جگہ ہے یہ تمہارا بمبئی بھی ... ... یہاں ہر چیز کا سودا ہوتا ہے ہر شئے کا بیوپار۔ یہاں عورت کی قیمت ایک دو روپیہ بھی لگتی ہے اور ہزاروں لاکھوں بھی۔ اور تمہاری یہ ابھاگن لکشمی ہر قیمت پر بکی۔ اس کی لاج کے سودے کا لابھ ہمیشہ بیچ کے آدمی نے اُٹھایا ہے۔ اس کے دُکھ شرم کا پہاڑ میں نے جھیلا ہے۔ پر آج سے پہلے کسی نے یہ نہ پوچھا تھا کہ تو کون ہے۔ کیوں کر یہاں آ پھنسی۔ کیا تیرا کوئی مرنا جینا نہیں جو یوں اپنا حُسن جوانی اپنی صحت اور لاج بیچتی پھرتی ہے۔

"ہائے دیدی یہ سب مرد ایک سے ہوتے ہیں۔

لچھمن میرا عاشق میرا منگیتر لچھمن اس نے بھی تو مجھے ٹھکرا دیا جب میں اس نرک سے بھاگ کر نکلی تو سب سے پہلے اس کے پاس تو گئی تھی۔ مگر وہ مجھے دیکھ کر ایسا گھبرایا یوں بھاگا جیسے میں کوئی چھوت کی بیماری ہو۔ دوسروں کے پاپوں کی سزا اس نے مجھے دی۔ اس کے ہم جنسوں کے کرتوتوں کا بدلہ خود اس نے مجھ سے لیا۔

دیدی ـــــ یہ ماتا ـــــ یہ پریم ـــــ یہ نیکی ـــــ بدی ماں باپ سب

جھوٹ ہے ـــــ جھوٹ ہے دیدی ـــــ جھوٹ ہے"۔

وہ سَر جھٹک کر جھوٹ ہے کی گردان کرتی رہی۔ اس کی آنکھوں سے شعلے نکل رہے تھے۔ مٹھیاں بھنچ گئی تھیں۔ مُنھ سے جھاگ اُڑ رہا تھا۔

اس نے لکشمی کو اپنے بازوؤں میں لے لیا اور زبردستی لٹاکر اس کا سَر اپنے زانو پر رکھ کر اسے ٹھنڈا کرنے کی کوشش کرنے لگی۔ دھیرے دھیرے وہ سنبھلی اور پھر اس کے سینے میں مُنھ چُھپاکر بچّوں کی طرح سِسکیاں لے لے کر رونے لگی۔

اور وہ اسے تھپکے جارہی تھی۔ باس باس اب چُپ ہوجاؤ۔ شاباش۔ کیسی اچھی بچّی ہے میری لچھمی بیٹی۔ ہاں اب ہم اپنی لچھمی کو نرس کی ٹریننگ دلوائیں گے ـــــ اور پھر بھی وہ اسپتال میں کام کریگی۔ مریضوں کی خدمت دکھیوں کی سیوا میں وہ اپنا سارا دُکھ درد بھول جائے گی۔ اور ہاں پھر مزا آئے گا۔ اور وہ مزے سے اپنے بچّے کے ساتھ رہا کرے گی۔ اور جب مَیں اِس کے پاس جایا کروں گی تو خوب میری خاطر کیا کرے گی اور ہم تینوں مل کر خوب کھیلیں گے۔ خوب کھیلیں گے ـــــ خوب ہنسیں گے ... ... اور نہیں تو کیا ... ...

جانے کِتنی دیر تک وہ اپنی گہری مدُھر دھیمی آواز میں یہ لوری سُناتی رہی پھر جو جُھک کے دیکھا تو لکشمی گہری میٹھی نیند کی آغوش میں تھی۔ شرم دُکھ غم اور غصّے کے سیاہ بادل چھَٹ گئے تھے اور وہ ننھے بچّے کی سی معصومیت اور مسکراہٹ اس کے چہرے پر کھیل رہی تھی۔

وہ جُھکی ـــــ ایک گہرا بھرپور بوسہ اس نے لکشمی کے چاند جیسے ماتھے پر ثبت کیا تو اس کی آنکھوں سے کئی تارے ٹوٹے اور لکشمی کے چاند جیسے ماتھے پر پھسل پڑے۔

واجدہ تبسم

راہ

دالان کی پچھلی طرف سے نرگس دوڑتی ہوئی اور ہانپتی ہوئی بولی "اے بی بی جلدی کیجئے جلدی چلئے صنوبر بچہ دے رہی ہے۔"

بڑی بیگم نے ایک زور دار دھڑاک کے ساتھ پاندان کے ڈھکنے کو گرایا اور کچھ مسکراتی کچھ جھلاتی ہوئی بولیں۔

"آج اس کی شادی کر دو تو اگلے برس بچہ جننے کو تیار ہو جائے اور دیکھو تو کمبختیا کو بات کرنے بھر کا سلیقہ نہیں۔ مَیں پوچھوں کیوں ری بچہ بھینس دیتی ہے یا عورت؟

ماما نے ہنس کر بی بی کی بات سے بات ملائی۔" بی بی یہ آپ کا لاڈ پیار ہی تو ہے کہ شادی کے قابل ہونے ہوتے بھی سب اپنے آپ کو بچہ ہی جانے ہیں اور بات کرنے کی گت بھی نہ آئے ہے۔"

مگر ماما کی بات پوری ہونے سے قبل ہی بڑی بیگم لپک جھپک اُنگلی سے ہلکا چونا چاٹتی نوکر خانے تک پہنچ چکی تھیں ـــــ وہاں دیکھا تو سچ مچ صنوبر کا حال تباہ تھا۔ درد کی شدت سے اس کا مُنہ پہلے سے ہرا نیلا پڑ چکا تھا ـــ دائی اپنی سی کوشش کر کے ہار چکی تھی۔ صنوبر کا حال دیکھا نہ جاتا تھا۔ یہاں سے وہاں تک جتنی ماما‌ئیں، نوکرانیاں ان کو ملنے جلنے والیاں تھیں سب بدحواس ـــــ سبھوں کی زبانیں آپ ہی دُعا مانگے جا رہی تھیں۔

"مولیٰ نور خاں کا باغ ہنستا رکھیو۔"

"خدایا بچپن ہے۔ ارمان بھری جان ہے اپنا فضل کریو۔"

خود نور خاں باہر کھڑا ہوا جو اپنے ہاتھ مل رہا تھا۔ کیسے کیسے ارمانوں سے چاؤ چوچلوں سے بیاہ کر لایا تھا ــــ ابھی سال بھی تو نہ گزرا تھا ــــ دھان پان سی لڑکی نو مہینے بچّہ کو سنبھالے سنبھالے بیلی پڑ چکی تھی۔ اللہ نے اسے اتنی استطاعت دی ہی نہیں تھی کہ پھل پھلاری دودھ گھی کھلا کر حاملہ کو صحت کی طرف پھیر لیتا اور غریبوں کے دن جس طرح گزرتے ہیں ایسے ہی نور خاں، اور صنوبر کے بھی گزرتے تھے۔

ہاسپٹل لے جانے کا حویلی میں نہ تو رواج تھا نہ اس کی ضرورت ہی سمجھی۔ اپنے اَماں باوا نے ہی کون سے ہاسپٹلوں میں جنم لیا تھا کہ ہم انگریز میموں سے مشورے لیتے رہیں۔

"ارے خدایا مرگئی ــــ مولیٰ میری مشکل آسان کردے۔"

صنوبر کی باریک اور تیز چیخ خدا نے سُن لی اور واقعی اس کی مشکل آسان کردی ــ صنوبر کی چیخ کے ساتھ ہی ایک اور ننھی منّی سی چیخ اس دُنیا میں گونجی ــــ دائی نے اعلان کیا بیٹی ــــ"

لیکن دائی کی بات سُننے کی کسی کو فرصت نہ تھی۔ سبھی اور خاص طور سے بڑی بیگم اس خون کی ندیا کو سہم کر دیکھے جارہی تھیں۔ جس میں کسی کی زندگی کی ناؤ ڈولتی ڈگمگاتی جارہی تھی۔ ڈوبی جارہی تھی۔

"ہائے میّا ــــ" دائی سہم کر بولی۔ دیکھنے دکھانے کو تو سوکھے پتے سا رہ بیلی تھی اور یہ ندی؟"

بڑی بیگم حیران پریشان پتھر سی مورت بنی کھڑی تھیں۔ وہ بڑی ہی حوصلے والی عورت تھیں۔ پریشانیوں کو مسکرا کر ٹال جانے والی بڑے سے بڑے اور کٹھن سے کٹھن لمحات بھی ان کی مسکراہٹ کو ملیامیٹ نہیں کرسکتے تھے۔ ان کی سوچ کا اندازہ سب سے نرالا تھا۔ اگر

وہ یوں ہمت والی نہ ہوتیں تو اپنی اتنی زندگی بغیر مرد کے سہارے کے کیوں نہ گزار سکتیں۔ ان کی ساری زندگی یوں ہی گزر رہی تھی کہ ایک دیوار آڑ بازو گھنگھرو چھنک رہے ہیں اور طبلہ دھنک رہا ہے۔ اس چھن چھن اور دھن دھن کے ہتھوڑے زندگی بھر اس دل پر ایسے پڑے کہ وہ فولاد بن کر رہ گیا۔ مگر اس وقت وہ سارے حوصلے بھول چکی تھیں ـــــ یہ نہیں کہ انھوں نے آج تک کوئی موت نہ دیکھی ہو ـــــ کون بشر ایسا نہ ہوگا جس نے اپنی زندگی میں دو ایک بار حیات کا تار نہ ٹوٹتے نہ دیکھا ہوگا۔ بڑی بیگم بھی کوئی الگ نہیں تھیں لیکن زندگی کا یہ روپ وہ آج پہلی بار دیکھ رہی تھیں جب کوئی اپنے جیون کا سارا رس کسی ایک ننھے منے پودے کو دیدیتا ہے کہ وہ پھلے پھولے اور خود فنا ہوجاتا ہے۔

بڑی بیگم نے بچوں کے سے ڈر جانے والے جذبے کے ساتھ سہم کر صنوبر کی طرف دیکھا جس کا سونے کی طرح پیلا اور دمکتا ہوا چہرہ ابھی ابھی دائی نے سُرخ چادر سے ڈھک دیا تھا۔ وہ سُہاگن مری تھی نا۔ اسے ایک دُلہن کی طرح پورے سنگار چاؤ اور سرخ لباس میں دفنایا جائے گا۔ اسے ایک بار پھولوں کا گہنا پہنایا جائے گا۔ ایک بار پھر اس کا دُولھا اس کی ڈولی کو سہارے دے گا۔ وہ دُلہن بن گئی ہے نا۔

بڑی بیگم نے لرز کر دیکھا ـــــ سامنے اس کا دُولہا کھڑا تھا۔ ابھی سال بھر پہلے جب بڑی بیگم خود بیٹے کی طرح پال پوس کر جوان کئے ہوئے اس بیٹے کو دولھا بنا کر دلہن بہو کو لانے کے لیے گئی تھیں تو یہی چہرہ خوشیوں اور اُمیدوں سے کس طرح چڑھتے سُورج کی طرح جگ مگ جگ مگ کر رہا تھا ـــــ آج چہرے کا سورج غروب ہوچکا تھا اور دل کی وادیوں میں گھٹا ٹوپ اندھیروں کا راج تھا۔ دائی نے ننھی مُنّی سی گڑیا کو چادر میں لپیٹ کر باپ کی گود میں دے دیا۔

باپ نے ایک لمحہ کو اسے دیکھا اور دوسرے ہی لمحے وہ پھپھک کر عورتوں کی طرح رو پڑا۔

"میں کیسے پاؤں گا ـــــ میں کیا کروں ۔ خدایا ۔"

ایک دم بڑی بیگم ہوش میں آگئیں ۔ میاں کی بے وفائی سے ٹوٹا دل اُنھوں نے سدا دوسروں کے غموں کو اپنا جانا ـــــ یہ چیز رفتہ رفتہ ان کی عادت ان کی فطرت بن گئی اور اب یہ تھا کہ خدا ترسی کا ایسا جذبہ ان کے دل میں گھر کر چکا تھا کہ وہ کہیں ایسے موقعے پر پیچھے نہ ہٹیں ـــــ ان کی اپنی تو لے دے کے دو ہی اولادیں ہوئی تھیں جو جوان ہونے کے بعد بیاہی بھی جا چکی تھیں ۔ بیٹی تو اپنے گھر کی تھی اور بیٹا اپنے بیوی کے ساتھ گاؤں میں چھوٹے سے رجواڑے کو سنبھالے ہوئے تھا ـــــ اور بڑی بیگم کی زندگی کا اب یہی مصرف تھا کہ کسی یتیم لڑکی کو لے کر پال لیا کسی ناجائز اولاد کو کلیجے سے لگا لیا ۔ کوئی بھیک منگی منگتی منگاتی حویلی کے دروازے پر آ نکلی تو اسے اپنے دامن میں پناہ دے دی ۔ کسی نے لجاجت سے دو روٹی مانگی تو اُنھوں نے گھر کا کونا ہی دے دیا ۔ بے پناہ دولت کا اُنھوں نے یہی خرچ کا ذریعہ بنا رکھا تھا ۔ ان کی حویلی کیا تھی اچھا خاصہ لنگر خانہ تھا ۔ پھر یہ تھا کہ پالی پوسی لڑکیوں لڑکوں کی شادی خود ماں بن کر کر رہی ہیں ۔ زچگیوں میں عمل دخل دے رہی ہیں ۔ کسی کی بسم اللہ کا ہنگامہ رچا رہی ہیں ۔ کسی کی ختنہ کا دھوم دھڑکا مچا رکھا ہے ۔ ایسے میں وہ گھونگھرو کے چھناکے اور طبلے کے دھماکے بالکل بھول چکی تھیں ۔ وہ سوچتیں میرا دل تو دُنیا میں بہل ہی گیا ۔ عاقبت بھی خدا ضرور روشن کر دے گا ۔ کسی یتیم پسیر کے سر پر ہاتھ پھیر دینے سے اتنی ہی نیکیاں شمار ہوتی ہیں جتنی کہ اس کے سر پر بال ـــــ تو یہاں صرف سر پر ہاتھ پھیرنے کا سوال تو نہ تھا ۔ وہ تو جسے بھی اپنی گود میں ایک بار لے لیتیں خدا کے بعد یہ اس کا واحد سہارا بن جاتیں ۔ اس کی زندگی سنوار دیتیں ۔ اس کی خوشیاں ان کی اپنی خوشیاں ہو جاتیں اور اس کا ہلکا سا غم بھی ان کی آنکھوں سے گنگا جمنا بہا دیتا ۔

نور خاں ، انھیں کا پروردہ تھا ۔ بعد میں تھوڑا بہت پڑھا لکھا کر انھوں نے اسے اپنی زمینوں کا حساب رکھنے کے لیے منشی کا درجہ دے دیا تھا ۔ اس کی شادی بھی انھوں نے

ہی اپنی پسند سے پارسال ہی کردائی تھی۔ انھوں نے سوچا بھی نہ تھا۔ نئی نئی بہار سے بھری یہ بگیا دم بھر میں یوں اُجڑ کر رہ جائے گی۔

نور خاں حویلی سے ملحق مگر ایک کمرے میں اپنی بیوی کے ساتھ رہتا تھا۔ اس کی حیثیت نوکروں کی سی نہ تھی۔ وہ پڑھا لکھا تھا اور دوسروں کے علاوہ وہ خود بھی اپنے آپ کو اوروں سے ذرا ممتاز سمجھتا تھا۔ اس نے بڑی بیگم سے کہہ رکھا تھا اور بڑی بیگم نے وعدہ بھی کر لیا تھا کہ صنوبر کے ماں بننے کے بعد وہ ایک چھوٹی سی زمین پر خود کاشت کر کے خود مختار زندگی گزار سکتا ہے۔ بڑی بیگم نے زمین بھی اس کے نام کر دی تھی۔ لیکن بیس ایکڑ زمین پر جا کر بسنے کی بجائے صنوبر نے پانچ ہاتھ ٹکڑے کو زیادہ ترجیح دی ـــــ اب سارے ارمان دفن ہو چکے تھے اور وہ ـــــ کہ جس کے دل میں ایک لمبی اور بھری پڑی زندگی گزارنے کا ارمان تھا ـــــ کھڑا پُو چھ رہا تھا۔

" میں اسے کیسے پالوں گا؟ ـــــ مَیں کیا کروں خدایا!"

" لاؤ میاں اسے مجھے دیدو۔ مَیں نے تمھیں پال پوس کر بڑا کیا تو کیا اس ننھی مُنّی جان نہیں کر سکتی۔ ایک دم بڑی بیگم کا لہجہ اعتماد سے بھر گیا۔

نور خاں کے بہتے آنسو اک دم رُک گئے۔ ارے ـــــ خدا کے بعد اس عظیم سہارے کو وہ کیسے بھول گیا تھا۔ وہ زندگی کو بوجھ کیوں تصور کر بیٹھا تھا۔ ان تجربہ کار ہاتھوں اور خدا ترس اور محبت بھرے دل میں چھپ کر تو یہ ننھی کلی دنوں ہی دنوں میں پھول بن جائے گی۔ میں کیوں کر فکر کرتا تھا۔

اس نے ہاتھ بڑھا کر چادر میں لپٹی ننھی سی جان بے حد محفوظ ہاتھوں میں دیدی۔

اس ذمہ داری پر بڑی بیگم کا دل ایک لمحے کو کانپ سا گیا۔ یہ حقیقت تھی کہ وہ اس قسم کی عظیم سے عظیم ذمہ داریاں اپنے سر لے چکی اور انھیں نبھا چکی تھیں لیکن یہ اپنی نوعیت کی پہلی ذمہ داری تھی کہ اتنی ننھی سی جان کو جو ابھی چند گھنٹوں کی بھی نہ ہوئی تھی ان کے سایۂ عاطفت میں آئی۔ آج تک پلنے والے بچوں میں کوئی دو سال سے کم کا نہ تھا لیکن

یہ جان جس نے ماں کے دُودھ کو مُنہ تک نہ لگایا۔ اوپر کے دودھ سے کس مصیبت سے پلے گی۔ لیکن ان کے کانپتے دل کو قرار اسی لمحہ آگیا جب اُنھوں نے ساتھ ہی یہ سوچا کہ جتنی کٹھنائیاں مجھے پالنے پوسنے میں درپیش ہوں گی جنت اتنا ہی اونچا مقام مجھے ملے گا۔" اور وہ بے حد پُرسکون ہوگئیں۔

بڑی بیگم کی زندگی کا یہ دور سب سے جدا تھا۔ نئے نئے تجربے ہو رہے تھے نئی نئی مشکلیں نپٹنی پڑ رہی تھیں اور دل سمجھاتا تھا انھیں ننھا منا روپ مت دو۔ یہ بڑے بڑے معرکے ہیں جو کہ تمھاری جنّت کو جانے والی راہوں کو استوار کر رہے ہیں — بڑی بیگم کے اپنے بھی دو بچے ہوئے تھے مگر ان بچوں کو پالنے اور اس بچّی کو پالنے میں واقعی زمین آسمان کا سا فرق تھا۔ وہ ان کے خود کے بچّے تھے وہ ماں تھیں خود ہی اپنا دودھ پلاتی تھیں۔ اوپر کے دودھ کی کھٹ کھٹ اور مصیبت کا انھیں کچھ اندازہ ہی نہ تھا۔ پھر یہ تھا کہ اپنے بچے اپنے ہی ہوتے ہیں۔ مارو ٹھونک دو غصّہ آئے تو جھنجھوڑ دو۔ کون بازپُرس کرنے چلا ہے۔ مگر اب وہ بات نہ تھی ہر چند کہ یہ بھی اپنی ہی بچی جیسی تھی مگر اس کی مسلسل رُوں رُوں سے تنگ آکر کبھی ان کا جی اسے ایک آدھ دھپّہ جڑ دینے کو چاہتا تو ایسا لگتا کہ خدا کی آنکھیں صرف انھیں پر مرکوز ہیں۔ اور وہ ڈگمگا جاتیں۔" ایسے سے مجھے جنّت کیسے مل پائے گی" ان کے اپنے بچّوں پر آیائیں تھیں۔ میاں لاکھ بے وفا اور بزدل تھے مگر مرد کی ذات کا پورا کمینہ پن ان میں موجود تھا جو عورت کو تو جوتی تلے کی چیونٹی سمجھتا اور دبانا اپنا حق جانتا ہے مگر اپنی اولاد کو کلیجے کی کور سمجھتا اور اس کی آسائش اور آرام کا پورا خیال رکھتا ہے۔ نواب صاحب بھی بالکل مرد تھے۔ بیوی کو جتنی بے توجہی بخشی اولاد کو اتنی ہی توجہ اور محبت کی گرمی دی۔" ہیں" بھی آواز سنتے تو دوڑے آتے کہ بچّہ کیوں رویا۔ کیسے رویا۔ انھوں نے ایک ایک بچے پر دو دو آیائیں رکھ چھوڑی تھیں۔ دودھ ماں ہی پلاتی تھیں نگرانی بھی ان کی اپنی ہی تھی۔ یہاں یہ اڑچن آن پڑی تھی کہ اگر آیا نہ رکھتیں تو خدا کے آگے جوابدہ

ہوتیں کہ اپنے برتے پر لیا تھا تو پھر آرام کی کیوں سوچی ـــــ ڈبے کا اوپر کا دودھ بنانا رات بے رات جگنا اپنے ہاتھوں کو موت کرنا۔ بس بڑی بیگم بن داموں کی غلام بن کر رہ گئیں۔

انھیں دنوں ایک دل ہلا دینے والا واقعہ رونما ہوگیا۔

نور خاں بیل گاڑی میں زمینوں پر سے حساب کتاب کی جانچ کرکے واپس آرہا تھا کہ بیل گاڑی اوبڑ کھابڑ راستوں سے پتھروں سے ٹکراتی نیچے آپڑی اور اس کے تلے نور خاں مرچی دھنیے کی طرح پس کر رہ گیا۔

جانے والا تو اپنی جان سے گیا مگر بڑی بیگم ذمہ داری کے دوہرے بوجھ تلے دب گئیں۔ اب وہ ایک معصوم یتیم یسیر کی نگہہ دار ٹھیریں۔ کیسے کڑے مقام پر خدا نے انھیں لاکر کھڑا کر دیا تھا۔ انھیں اس بوجھ سے اپنی کمر ٹوٹتی محسوس ہوئی مگر اس خدا ترسی کے جذبے اور جنت کی آس نے انھیں سہارا دیا اور وہ تن من دھن سے جٹ گئیں۔

ننھی چونکہ ان کی عاقبت کی خوشیوں کا سہارا بن کر آئی تھی اس لیے انھوں نے اس کا نام مسرت رکھا۔ ویسے تو انھوں نے اسے ہزار نام دے رکھے تھے۔ بالکل اسی طرح جیسے کہ ایک ماں سگی ماں اپنی سگی اولاد کو ہزاروں ہی پیار بھرے ناموں سے پکارتی رہتی ہے۔

بڑی بیگم نے اب تک جتنے بھی بچوں کو پالا تھا یہ سمجھ کر پالا تھا کہ بس بچے ہیں۔ پل جائیں بڑے ہو جائیں اپنے اپنے ٹھکانوں سے بیٹھ جائیں۔ مگر مسرت کی بات ہی کچھ اور تھی انھوں نے ایک دن ہر خاص و عام میں اعلان کر دیا کہ مسرت میری بیٹی ہے۔

کسی بات کو منہ سے کہ دینا اور ہے نباہنا اور ـــــ مگر دیکھنے والوں نے دیکھ لیا کہ بڑی بیگم نے منہ سے اگر یہ بات نکال دی تھی تو واقعی دل سے اسے نباہ کر ہی چھوڑا۔ زمانہ بدل رہا تھا۔ انھوں نے عربی اردو تعلیم کے ساتھ ساتھ مسرت کے لیے ایک انگریز مِس بھی رکھی جو اسے بے حد جانفشانی سے انگلش پڑھانے لگی۔ ساتھ ہی سیون پرودون' ننگ پکوان سلیقہ قرینہ غرض کہ کوئی بات ایسی نہ چھوڑی جس پر بڑی بیگم نے بطور خاص خیال نہ رکھا ہو۔ مسرت

ابھی آٹھ نو سال کی ہی ہوگی کہ اس نے خود بھی بڑی بیگم کی محبت کو پرکھ لیا۔ کبھی نہ کبھی کسی نہ کسی موقعے پر کوئی نہ کوئی پوچھ ہی بیٹھتا۔

"ارے ہے بڑی بیگم ـــــ آپ تو بچی کے پیچھے جان تباہ کئے دے رہی ہو" تو وہ مسرت کے سر پر ہاتھ پھیر کر کہتیں ۔" وہ تو میری بیٹی ہے۔ اور یہ تو سوچو یتیم یسیر ہے۔ اس کے طفیل تو مجھے جنت ملے گی۔"

انھیں دنوں رمضان کے مبارک مہینے کی بات ہے۔ یو۔پی سے ایک مولانا صاحب بطور خاص تراویح کی نمازیں پڑھانے کے لیے گاؤں بلوائے گئے۔ مہینے بھر تک انھوں نے ہر کس و ناکس کے منہ سے یہی بات سنی کہ بڑی بیگم کس قدر خدا پرست ہیں۔ کس طرح غریبوں کے لیے ان کی تجوری کا منہ کھلا ہوا ہے۔ کیسے کیسے انھوں نے اپنی زندگی تمام تر انھیں لوگوں کے لیے وقف کر رکھی ہے جو مصیبت کے مارے ہیں اور یہ کہ ایک یسیر اور یتیم لڑکی کو کس طرح جگر کا ٹکڑا بنا کر رکھا ہے۔

مہینے کی ختم پر جب وہ واپس یو۔پی جانے لگے تو پردے کی آڑ سے بڑی بیگم سے بات چیت ہوئی۔ انھوں نے بغیر کسی قسم کی خوشامد چاپلوسی کے واقعی سچائی کے ساتھ کہا:

"بیگم صاحبہ آپ یہ سب جو کچھ کر رہی ہیں خدا کے ہاں آپ کی نجات ہی نجات ہے"۔

بڑی بیگم کی تشکر سے بھرائی آواز آئی ـــ" مولانا صاحب بس یہی دعا ہے کہ خدا عاقبت بخیر کرے۔ دنیا کے مزے تو چکھ لیے اب آخرت کی دھن ہے۔

"ارے یہ آپ کیا کہتی ہیں۔ آپ کچھ نہ کرتیں لیکن صرف ایک یتیم یسیر لڑکی کو پال کر ہی آپ نے وہ کچھ کیا ہے جس کا اظہار الفاظ میں ممکن ہی نہیں۔

بڑی بیگم نے تڑپ کر بات کاٹ دی ۔" مولانا صاحب اسے یتیم لڑکی کے نام سے نہ پکاریے ـــ میری بیٹی ہے وہ ـــ اسے اسی طرح مخاطب کیجئے جیسے وہ ...: ان کی آواز پھوٹ بہی۔

"مرحبا مرحبا" مولانا صاحب بے اختیار ہوکر پکار اُٹھے مُبارک ہیں آپ مُبارک ہیں وہ درودیوار جن کی پناہ میں آپ رہتی ہیں۔ مُبارک ہے وہ زمین جس پر آپ قدم دھرتی ہیں۔ آپ کی جگہ برحق ہے۔ جنّت میں آپ کا بلند مقام برحق ہے ... ..." اور وہ اللہ ہو۔ اللہ ہو کا ورد کرتے ہوئے اُٹھ کھڑے ہوئے۔

اس دن سے بڑی بیگم پر ایک نئی دُنیا کے دروازے کُھل گئے۔ ان کی محنت خُدا نے سپھل کردی۔ اتنے بڑے مولانا فرما گئے کہ جنّت برحق ہے تو یقینی ہوگی۔ اور یہ سب نیک اعمال کا نتیجہ ہے۔ اور یہ اعمال مسرّت کے قدموں کے طفیل ہیں۔ وہ اسے جی جان سے نہارنے لگیں۔

صالحہ ان کی اپنی بڑی بیٹی سال کے سال ماں کے ہاں گرمیاں گزارنے اور آم کھانے آتی تھیں ـــــ ماں نے مسرّت کو گود لیا تھا تبھی سے وہ کھٹکیں۔ لیکن مُنہ سے کچھ بول نہ پاتی تھیں۔ جانتی تھیں کہ ماں نے زندگی بھر ہر طرح کے دُکھ سہے اب بڑھاپے میں دل بہلانے کی خاطر یہ سہارے پال رکھے ہیں۔ اور ان کی برابری کا کوئی جوڑی دار ہوتا تو شاید طوفان اُٹھا لیتا۔ مگر جانتی تھیں کہ جتنے ہیں سب ایسے ویسے ہی ہیں۔ کسی کے ماں باپ نے غربت کے مارے لاکر گود ڈال دیا ہے۔ کوئی حرام کا تھا تو کوئی کونے کھدرے نالے پرنالے سے برآمد کیا ہوا ہے۔ کوئی بھٹکتا بھٹکتا آ گلے پڑ گیا ہے۔ لیکن مسرت کو جن چاؤ چونچلوں سے لیا تھا وہ دل بُرا کر دینے کے لیے بہت کافی تھا مگر ٹال گئیں۔ ہر برس آتیں اور خدا رنگ دیکھ کر جاتیں۔ ماں نے جب اعلان کیا تھا کہ مسرّت بیٹی ہے تو ان کا ماتھا ٹھنکا اب تو یقیناً یہ بھی جائداد کی ایک وارث ٹھہری۔ مگر ماں کے آگے بھلا بول ہی کیا سکتی تھیں۔ لیکن اس سال تو پیمانہ ہی چھلک گیا۔ بڑی بیگم کی زندگی کا رُخ ہی مولانا صاحب نے پھیر دیا تھا۔ جب سے انھوں نے اتنے پہونچے ہوئے بزرگ کے مُنہ سے یہ بات سُن لی تھی کہ وہ جنت کی واقعی مستحق ہیں ان کی محبت مسرّت سے کچھ زیادہ ہی سوا ہوگئی تھی۔ وہ یہ

دھوکہ کھا گئیں کہ انھوں نے اپنے مہر میں ملنے والی تمام جائداد بھی مسرت کے نام جیتے جی لکھ دی۔ جو کم و بیش سوا لاکھ ڈیڑھ لاکھ کی بنتی تھی یہ دار ایسا نہ تھا کہ بیٹی چین سے سہار جائیں۔ بھئی ظاہر ہے کہ اس کے بیچ میں یہ نصیبوں جلی مسرت نہ ٹپک جاتی تو یہ انھیں کا تو حق ہوتا نا۔ بڑے ارمان سے ماں سے کہا " اماں بیگم —— آپ نے بنا سوچے سمجھے اتنی بڑی جائداد مسرت کے نام کردی۔ بڑی بیگم بے حد مطمئن انداز سے مسکرائیں۔ تو کیا ہوا بیٹی تمہارے جہیز میں بھی تو کم و بیش ایک لاکھ نقد اور ایک لاکھ کا زیور کپڑا گیا ہے۔ وہ بھی تو میری ہی بیٹی ہے۔ رکتے رکتے صالحہ بولیں۔" مگر اماں بیگم۔ گود لی ہوئی اور سگی اولاد میں کچھ تو فرق رکھتیں آپ —— کیا سچ مچ وہ میری برابری کر سکتی ہے۔ اور کیا سچ مچ آپ اسے مجھ سے زیادہ چاہ سکتی ہیں۔

اسی لمحے مسرت کسی کام سے ادھر آ نکلی۔ لمحہ بھر کو تو صالحہ بھی اسے دیکھ کر بات کرنی بھول گئیں۔ غضب خدا کا۔ کیا رنگ و روپ پایا تھا۔ کیا دبدبہ کیسی شان۔ کیسی پاکیزگی برس رہی تھی صورت پر۔ سچ ہے خدا حُسن کی دولت جسے چاہتا ہے دیدیتا ہے اس میں غریب امیر کی تخصیص نہیں رکھتا۔ بڑے بڑے پائنچوں کے گلابی غرارے گلابی فراک اور ہلکے سبز دوپٹے میں کیسی نکھر رہی تھی کہ جی چاہتا تھا کہ انگ انگ کو چوم چوم لیں۔

بڑی بیگم ان کی بات کا جواب دے رہی تھیں۔" بیٹیا محبت نفرت کا کیا ہے جانور کو پالو اس سے بھی ہو جاتی ہے اور دل پھر جائے تو سگی اولاد کی طرف ہو تکنے تک کو جی نہیں چاہتا۔ مسرت کی بات ہی اور ہے۔ مَیں نے اسے جی جان کا ٹکڑا بنا کر پالا ہے۔ سچ کہتی ہوں اتنی محنت اور توجہ مَیں نے تم دونوں بہن بھائی پر بھی نہیں صرف کی تھی۔ مجھے سچ مچ اس کی اتنی ہی محبت آتی ہے جتنی تم دونوں کی۔ کبھی کبھی تو مجھے لگتا ہے کہ تم سے بھی زیادہ —— اس کی یہی وجہ ہے وہ یتیم یسیر ہے۔ اسے مَیں نے جتنی محبت دی ہے اس کے صلے میں مجھے اتنی ہی نیکیاں ملیں گی —— وہ میری بیٹی بھی ہے۔ میری عاقبت، میری نجات

اور میری جنت کا راستہ بھی ــــــ"

مسرت نے ایک ٹک رُک کر یہ ساری باتیں سُنیں۔ اس نے پہلے بڑی بیگم کی طرف دیکھا پھر صالحہ کی طرف ــــــ مُنہ سے کچھ نہیں بولی۔

صالحہ بیگم بھی چُپ رہ گئیں۔ بات آئی گئی ہو گئی۔

چند سال اور گزرے۔ مسرت نے شہر جا کر میٹرک کا امتحان بھی دیا اور پاس بھی ہوئی۔ اب بڑی بیگم کو اس کے مستقبل کی ــــــ شادی کی فکر تھی۔ مگر خود مسرت چاہتی تھی کہ ابھی کچھ اور پڑھ لے۔ زمانہ آگے بڑھ رہا تھا۔ وہ اپنے پیروں پر آپ کھڑی ہونا چاہتی تھی۔ ایک دن بڑی بی کے سامنے اس نے اپنے خیالات کا اظہار کیا تو وہ حیران سی بولیں۔

"بیٹی ــــــ تجھے کمانے دھمانے کی کون حاجت ہے۔ میں نے تیرے نام اتنی اتنی بھی نہیں ڈیڑھ لاکھ کی جائداد کردی ہے۔ کچھ نہ کرے اگر صرف بینک میں ہی یہ رقم رکھی رہے تو ہر ماہ ۷۰۰، سو آجائیں۔ کیا اتنے میں تیری گزر بسر نہیں ہوسکتی ــــــ"

"نہیں امی ــــــ امی ــــــ ایسی کوئی بات نہیں"۔ مسرت بے بسی سے بولی۔ "آپ سمجھتی نہیں ہیں۔ میرا یہ مطلب نہیں تھا"۔

"تو اور کیا مطلب تھا"۔ بڑی بیگم ذرا ناراض غصے سے بولیں۔ "کیا تو مجھے ماں نہیں سمجھتی"۔

مسرت نے اپنے دونوں ہاتھ کانوں پر رکھ لیے"۔ امی خدا کے لیے یُوں نہ سوچیے۔ میں نے کب کہا آپ میری ماں نہیں ہیں۔ وہ بھرائی آواز سے بولی۔" خدا کے بعد تو جو کچھ ہیں آپ ہی ہیں۔ میرے لیے اور کون ہے ...."

آگے اس سے کچھ کہا نہ گیا۔ وہ رو پڑی۔ اس کے ساتھ بڑی بیگم بھی رو دیں۔ مسرت سچ مچ ان کی جان ایمان بن کر رہ گئی تھی وہ اس کی آنکھوں میں آنسو کیسے دیکھ پاتیں جبکہ اس کے چہرے پر غم کی ہلکی سی چھاپ بھی انھیں دنوں ملول کر دیتی۔ وہ اس

کے آنسوؤں اور مسکراہٹوں غم اور خوشیوں اس کے اندھیروں اُجالوں کی ـــــ سبھی چیزوں کی وہی ذمہ دار تھیں۔ یہ ناممکن تھا کہ ان کے جیتے جی کوئی مسرت کی طرف اُنگلی بھی اُٹھا سکتا اور اسے ایک بول بھی بول سکتا ـــــ بیٹے سے تو اسی مارے مدت ہوئی بول چال بند ہوچکی تھی جب سے کہ انھوں نے جائداد کا وارث مسرت کو قرار دیدیا تھا۔ صالحہ بھی بگڑیں بہت۔ مگر قدرتی بات ہے کہ بیٹیاں ماں سے زیادہ قریب ہوتی ہیں اس لیے وہ ماں سے ٹوٹ تو نہ سکیں ہاں شیشے میں بال ضرور پڑ گیا۔ مگر یہ کوئی ایسی بات نہ تھی بس کی وجہ سے بڑی بیگم بددل ہو کر بیٹے بیٹی کی بات مان جائیں۔ وہ جس مقصد کو لے کر چلی تھیں وہ مقصد ـــــ وہ راہ سیدھی جنت تک پہنچتی تھی۔

مسرت خوبصورت تھی جوان تھی تعلیم یافتہ تھی اور وہ پیسے والی بھی۔ جب یہ ساری خوبیاں ایک جگہ جمع ہوں تو پیام یوں ٹوٹ ٹوٹ کر گرتے ہیں جیسے آندھی پانی سے کچی امیاں پٹا پٹ گرتی ہیں۔ قریبی لوگوں کو معلوم بھی تھا کہ مسرت بڑی بیگم کی اپنی سگی بیٹی نہیں۔ مگر ڈیڑھ دو لاکھ کی جائداد نے کچھ سوچنے کا موقع ہی نہ دیا۔ پیام لانے والوں میں وہ بھی تھے جنھوں نے بڑی بیگم کے اس اقدام پر ناک بھوں چڑھائی تھی کہ اور کچھ نہیں سوجھا تو غلام زادے کی یتیم یسیر لڑکی کو ہی بیٹی بنا ڈالا۔ اور وہ بھی جو اس نیک قدم کو جی جان سے سراہتے تھے اور چاہتے تھے کہ واقعی اس بے مثال ہیرے کی جوت انھیں کے مقدر کی جوت بن جائے۔

بڑی چھان بین کے بعد آخر کار بڑی بیگم نے ایک خاندانی لڑکا پسند کر ہی لیا۔ لڑکا بے حد قابل، بے حد سوجھ بوجھ والا تھا۔ سول انجینئر تھا۔ گھر کا بھی کھاتا پیتا تھا اور تنخواہ بھی آٹھ سو تھی۔ زیادہ زیورات دولت کی بڑی بیگم کو لالچ تھی نہ خواہش۔ خدا کا دیا ان کی مسرت کے پاس اتنا کچھ موجود تھا کہ زندگی بھر چاہتی تو چار کو کھلا کر خود کھا سکتی تھی۔ وہ صرف شرافت پر جان دیتی تھیں سو خدا نے ان کی سُن لی۔

جہیز کا جوڑ جماؤ ہونا شروع ہوا تو بس یوں لگتا تھا کہ گھر میں دو دکانیں کھل گئی ہیں۔ حویلی کتنی بڑی تھی۔ اِس کمرے میں کپڑے سِل رہے ہیں۔ اُس کمرے میں جوڑوں پہ گوٹا کناری ٹک رہا ہے۔ اس کمرے میں سُنار بیٹھا ٹھک ٹھک کر رہا ہے۔ اس کمرے میں برتنوں کا ڈھیر لگا ہے تو اس کمرے میں تیار زیورات کی جانچ ہو رہی ہے۔

رقعے چھپے اور مقررہ تاریخ پر لوگ آنے شروع ہوئے ان میں جلنے والے بھی تھے اور سچے دل سے خوش ہونے والے بھی۔ مسرت مایوں منجھے بیٹھ چکی تھی۔ سُنہرے لباس میں اس کا حُسن اور نکھر آیا تھا۔ جو دیکھتا بس دیکھتا رہ جاتا۔ بڑی بیگم کا کمرہ اس کے کمرے سے ہی ملحق تھا۔ ملنے جُلنے والیاں آتیں۔ اس کا چہرہ دیکھ جاتیں اور پھر دان جہیز کا نظارہ کرتیں بڑی بیگم کے پاس پہونچ کر گفتگو کا ایک ہی موضوع باقی رہ جاتا۔" بیگم آپ نے تو واقعی حد کردی حد۔ کیا دل پایا ہے کہ بس واہ۔" بڑی بیگم مطمئن لہجے میں بڑے انکسار سے کہتیں۔" میں نے کیا کیا ہے بی بی سب حوصلہ خدا کا دیا ہوا تھا ورنہ میں کیا کر سکتی تھی۔ بس خدا نے سُن لی۔ لڑکی اپنے گھر کی ہو جائے اور بس۔ پھر میں اللہ اللہ کروں۔ سوائے عاقبت کے اب کوئی فکر نہیں۔"

کہنے والیاں ہاں میں ہاں ملاتیں۔" اور کیا۔ اب آپ نے اتنا بڑا ایثار کیا ہے تو خدا کے ہاں جنّت تو آپ کی ہی منتظر ہے بس۔"

" ہاں بی بی۔ حضور صلعم نے فرمایا ہے کہ جس نے تین لڑکیوں کو پال پوس کر جوان کیا اور بیاہ دیا وہ جنّت کا مستحق ہو گیا۔ یہ میرے ہاتھوں گیارہویں لڑکی بیاہی جا رہی ہے۔ صرف جنّت کی اور خدا کی خوشنودی کی آس ہے ورنہ اب دنیا میں اور کیا رہ گیا ہے۔"

بازو کے کمرے میں مسرت بیٹھی سُنتی رہتی۔ بیٹھے بیٹھے آپ ہی آپ اس کی سسکیاں اُبھرنے لگیں۔ کون جانے میکہ چھوٹنے پر یہ آنسو بہتے تھے یا اور کوئی غم چپکے چپکے اسے کھائے جاتا تھا۔

اگلا دن عقد خوانی کا تھا۔ ایک دن پہلے مہندی ہوئی تھی۔ ہرے ہرے جوڑے

میں مسرت کومل ڈالی کی طرح جھکی جارہی تھی مہین پلّو میں سے عارض کی تابانی جھلکتی تو کچھ یوں لگتا کہ شاید سورج ابھی ادھر ہی سے طلوع ہوگا۔

مہمان بیبیاں کھچا کھچ بھری ہوئی تھیں۔ وہ دھوم دھڑکا تھا کہ کان پھٹ کر رہ جائیں زنانے مردانے دونوں جگہ لوگوں کا ہجوم تھا۔ لوگوں کا اندازہ تھا کہ دان جہیز کو تو چھوڑ صرف بارات اور مہمانوں کا اوپری خرچ ہی کوئی تیس چالیس ہزار کا پڑ جائے گا۔ کل کا دن تو بڑے ہنگامے کا ہوگا۔ اس خیال سے حویلی میں آج ہی سے جہیز جمانا شروع کردیا گیا۔ بھر بھر کرے جہیز سے اَٹے پڑے تھے۔ بڑے وسیع ہال میں جگ مگ کرتی کار۔ ریڈیو سیٹ۔ گراموفون فرج۔ گرام۔ صوفہ سیٹ۔ ڈبل بیڈ کیا کیا نہ تھا۔ بس حویلی کیا تھی دو کانوں کا روپ ہوکر رہ گئی تھی۔

بڑی بیگم مسرت کے پاس بیٹھی ہوئی تھیں۔ ان کی آنکھیں بار بار بھر آتیں اور وہ آنسو پی پی جاتیں۔ کل مسرت پرائی ہو جائے گی۔ کتنی مصیبتوں سے پالا۔ کتنی محبت اسے دی سب چیز سے مُنہ موڑ کر سارے بندھن توڑ کر وہ بڑی بیگم کو اکیلی چھوڑ کر چلی جائے گی۔ جھر جھر بہتے آنسوؤں کو اب انھوں نے روکنے کی کوشش کی بھی نہیں ـــــ اسی دن کے لیے تو وہ آس مند تھیں صرف اس دن کے لیے اتنی ساری کٹھنائیوں کو وہ شربت جان کر پی گئی تھیں کہ بیٹی اپنے گھر کی ہوجائے۔ آخر کو یتیم یسیر تھی۔ کوئی اونچ نیچ ہوجاتی تو ساری دُنیا ل کر ان کے منہ پر کالک تھوپ گدھے پر بٹھا دیتی۔ کل اس کے وداع ہوتے ہی ان کی نامکمل جنت میں آخری اینٹ بھی رکھ دی جائے گی اور وہ اپنے خدا کے آگے سرخرو ہوسکیں گی۔

بڑی بیگم اپنے خیالات سے جب چونکیں تب ممانی جان نے ان کا شانہ تھپ تھپا کر کہا۔

"مبارک ہو بہن ـــــ خدا نے تمہاری دیرینہ آرزو پوری کی۔ لڑکی اپنے گھر کی ہو جائے اس سے زیادہ ایک ماں کی تمنا اور کیا ہوسکتی ہے۔"

"ہاں بی بی۔" بڑی بیگم اور کچھ نہ کہہ سکیں۔ بھر بھر آنے والے آنسوؤں نے ان کا گلا

دبوچ لیا۔ مہمان بیبیوں میں سے کوئی بولیں۔

"مگر بڑی بیگم آپ پر واقعی کمال حیرت ہے۔ آپ نے کس طرح بیس برسوں تک اپنے وجود کو بھلا کر بالکل ایک نوکر بن کر بٹیا کی خدمت کی ہے۔ کبھی دیکھنے والوں کو ایسا لگا ہی نہیں کہ یہ آپ کی سگی بٹیا نہیں۔"

"نہیں نہیں۔" بڑی بیگم تڑپ کر بولیں" ایسا نہ کہیئے ایسا نہ سوچیئے۔ وہ میری سگی بیٹی ہی ہے بلکہ سگی سے بھی بڑھ کر ہے۔ اسے اس منزل تک پہنچا کر میں خود بھی تو جنت کی اہل...

بات ابھی بڑی بیگم کے منہ میں ہی تھی کہ مسرت کی کانپتی آواز پوری طاقت کے ساتھ کمرے میں ابھری "میں آپ کی بیٹی نہیں ہوں بڑی بیگم ــــــ میں آپ کی بیٹی نہیں۔ بیس برسوں سے اس جملے کو سنتے سنتے خدا گواہ ہے میرے کان پک گئے ہیں۔ میں جانتی ہوں میں آپ کی بیٹی نہیں صرف وہ راہ ہوں جس پر چل کر آپ جنت تک جاسکیں گی۔ آپ نے زندگی میں کبھی مجھے ماں کی محبت نہیں دی، کبھی باپ کا پیار نہیں دیا، کبھی مجھے اپنی اولاد نہ جانا۔ جانا تو بس یہ !!! میں ایک سہارا ہوں آپ کی جنت کے حصول کا۔ آپ کی دولت، عزت، جائداد، دان دہیز یہ سب فریب ہے دکھاوا ہے۔ میں جانتی ہوں کہ اصلیت کیا ہے۔ اصلیت صرف یہ ہے کہ آپ کو جنت چاہیئے تھی جو آپ نے میرے خون کے بدلے واقعی حاصل کر لی۔"

بڑی بیگم نے گھبرا کر دیکھا ــــــ "مسرت یہ کیا کہہ رہی ہے تو۔ کیا ہو گیا ہے تجھے۔ تو ہوش میں ہے یا نہیں ــــــ لوگ کیا سوچیں گے کیا کہیں گے بیٹی۔ ذرا ہوش کی لے۔"

مسرت پلنگ پر سے اٹھ کر بھاگی۔

"میں ہوش میں ہوں ــــــ پورے ہوش میں۔ بیس برس سے ہوش میں ہی تو ہوں ــــــ لیکن آج میں نے اپنے ہر نفس کو بھول جانا چاہتی ہوں ــــــ لیکن ایک دعا کرتی جاؤں گی کہ خدا آپ کو واقعی جنت دے۔ بیس برسوں تک آپ نے

جس خلوص اور جس محنت سے جنت کی آرزو کی ہے اگر خدا نے نہ دی تو اس جیسا ناانصاف کوئی نہیں۔"

بڑی بیگم اسے سنبھالنے کو لپکیں مگر وہ سب سے بلند اور اونچی ٹیک پر سے نیچے چھلانگ لگا چکی تھی۔ انھوں نے ہولا کر نیچے جھانکا۔ جیتے جیتے سُرخ سُرخ خون کی ندی سی بہہ نکلی تھی۔ ان کو قطعاً سمجھ میں نہ آیا کہ یہ ندی جنت کو جا رہی ہے یا دوزخ کو ——

شروَن کُمار

دِل دریَا

میں کھڑے کھڑے تھک گیا ہوں۔

لوٹ کر دھرم شالہ جانے کو بھی من نہیں چاہتا۔ ایک عجیب سا دُکھ عجیب سی اُداسی سارے وجود پر چھا گئی ہے۔ ایسا گہرا اور لمحہ بہ لمحہ پھیلتا ہوا دکھ جو کچھ کرنے نہیں دیتا۔ شاید یہی وہ دکھ تھا جس نے گوتم کو گھر چھوڑنے پر مجبور کیا تھا۔ دریا پر رات اُتر آئی ہے اور گھاٹ کی روشنیاں مند مند بہتے پانی پر جھلملا رہی ہیں۔ مندروں میں شام کی آرتی کے بعد خاموشی چھا گئی ہے۔ ایسی خاموشی جو مقدس بھی ہے اور پُراسرار بھی ــــــ بالکل خدا کے وجود کی طرح ــــــ دریا کے پار سادھوؤں کی ایک ٹولی الاؤ جلائے بیٹھی ہے۔ فضا میں کبیر کے دوہے کی سی نرم گمبھیرتا اور اُداسی ہے اور میں گنگا کو دیکھ دیکھ کر سوچ رہا ہوں کہ سادھو ہو جاؤں۔ یہی مُکتی کی راہ ہے۔

میں بیٹھ گیا۔ ہرکی پوڑی ٹھنڈی ہے اور یہی بے جان سی ٹھنڈک فضا میں بھی ہے بالکل ہمارے گھر کی طرح۔ گھاٹ سنسان ہے۔ مجھے غور سے دیکھنے والا جٹا دھاری سادھو کمنڈل یا بجاتا ہوا پُل پار کر چکا ہے اور وہ گھی کے چراغ میں نے پاروتی کی آتما کی راہ میں روشنی کرنے کے لیے ان پوتر لہروں پر بہلائے تھے ڈولتے ہوئے دُور چلے گئے ہیں۔ اُدھر جہاں سمندر ہے وسیع و عمیق۔

اور وہ ذرا فاصلے پر جلتی ہوئی زرد بتی بالکل اکیلی اکیلی سی لگ رہی ہے اور یوں چپ چاپ اُداسی سے سب کچھ دیکھ رہی ہے جیسے پاروتی اپنی کھڑکی کی سلاخیں تھامے کھڑی بچوں کو کھیلتے دیکھا کرتی تھی۔

پاروتی ہماری کوئی نہیں تھی۔ پڑوسن بھی نہیں۔ کبھی وہ ہمارے مکان کے ایک حصے میں کرایہ دار تھی اور اپنی بیوہ پھوپھی کے ساتھ رہتی تھی۔ لیکن یہ ان دنوں کی بات ہے جب میں ابھی پیدا نہیں ہوا تھا۔ پتاجی کی شادی نہیں ہوئی تھی اور ماں اس گھر میں نہیں آئی تھی (یہ سب باتیں مجھے گاہے بگاہے دیدی سے معلوم ہوتی رہی ہیں جس نے یہ سب کچھ ماں اور دادی سے سُنا تھا)۔ پاروتی کے ماں باپ نہیں تھے اور اس کی پرورش اس کی بیوہ پھوپھی نے کی تھی۔ دادی نے ایک دن اس کا سامان اُٹھوا کر گلی میں رکھوا دیا کہ اسے جگہ کی ضرورت ہے۔ پتاجی کی شادی جو تھی ـــــ ماں کو دادی اس کی پیدائش سے پہلے ہی پیار کرنے لگی تھی۔ یعنی جب وہ ہماری نانی کے پیٹ میں ہی تھی تو دادی نے اسے اپنی بہو بنا لیا تھا۔ اس طرح وہ دُنیا میں آنے سے پہلے ہی اس گھر میں آگئی تھی۔ دادی پٹواری کی بیٹی اور تھانیدار کی بیوی تھی۔ اس لیے ہمیشہ حکومت کرتی رہی۔ کہتے ہیں کہ ان کے آگے چڑیا بھی پر نہیں مارتی تھی۔ دادی میری پیدائش سے پہلے ہی آسمانوں میں چلی گئی۔ جہاں جنت میں خدا اور جہنم میں شیطان کی حکومت ہے نہ جانے وہ وہاں کیا کرتی ہوگی۔ شاید چڑیوں کو اُڑتے دیکھتی ہو۔ پاروتی اور اس کی پھوپھی ہمارے مکان سے نکل کر اس مکان میں رہنے لگیں جس میں آخر تک پاروتی رہی۔ اس کی پھوپھی غریب تھی اور بوڑھی بھی۔ اس نے بتیرا چاہا کہ پاروتی کی شادی ہو جائے لیکن پاروتی ہمیشہ انکار کرتی رہی اور جب پھوپھی بھی مرگئی تو کہنے والا بھی کوئی نہیں رہا۔

پاروتی میری کوئی نہیں تھی پھر بھی اپنی بہت زیادہ اپنی لگتی۔ ایسی جو دل میں، روح میں اپنی ہوتی ہے اور ذہن پر چھائی رہتی ہے اور ہم ہر جگہ ہر لمحہ اسے اپنے ساتھ محسوس کرتے ہیں۔ وہ کھڑکی اس کھولے میں کھلتی ہے جہاں گلی کے بچے کھیلا کرتے تھے۔ اور شور مچاتے تھے اور

آپس میں لڑتے تھے۔ پھر فوراً من جاتے تھے۔ سکول کی طویل قید اور گھر کی پابندیوں کے بعد یہ اچھا لگتا تھا۔ میں بھی اسکول سے وہیں آجاتا۔ نہ جانے کیوں پاروتی کے مکان کی دیوار کے ساتھ لگ کر کھڑے ہونا دل کو بھاتا تھا۔ شاید اس لیے کہ دیوار کے پیچھے اس مشین کی آواز ہوتی تھی جس پر پاروتی محلے والوں کے کپڑے سیا کرتی تھی۔ جب وہ کھڑکی میں آئی تو ہم سمجھ جاتے کہ اسے سوئی بٹن یا دھاگے کی ضرورت ہے۔ میرا دل زور زور سے دھڑکنے لگتا اور مجھے ڈر لگتا کہ کہیں وہ مجھ سے نہ کہہ دے ـــــ کیا میں انکار کر سکوں گا کہ میں چاہتا بھی تو تھا کہ وہ اپنے سب کام مجھ سے کرائے۔ اس کی شخصیت ہی اس قدر پُرکشش تھی۔ اس کی آواز اتنی میٹھی تھی ـــــ اور کیا میری ٹانگیں مجھے گلی کے باہر اس دکان تک لے جائیں گی جہاں یہ سب کچھ ملتا تھا۔ ماں کی سخت ہدایت تھی کہ اس سے بات بھی نہ کرو۔ لیکن وہ مجھ سے نہیں کہتی تھی۔ اس کی نظریں ایک پل کے لیے میرے چہرے پر ٹھہرتیں۔ وہ مسکراتی جیسے میرے خیالات پڑھ رہی ہو۔ بڑے ہونے کے کتنے فائدے ہیں۔ وہ کسی اور کو بلا کر چیز منگا لیتی۔ میرا دل اس کوئلے کی طرح بجھ جاتا جس پر پانی ڈال دیا گیا ہو اور پھر میں سارے "کنچے" ہار جاتا۔ مجھے ہارنا ہی اچھا لگتا۔

"پاروتی مجھے دیکھ کر مسکرائی تھی ـــــ" میں دیدی کو بتاتا۔

"شی۔ ماں سُن لے گی۔" دیدی کہتی۔

"ماں ہمیں اس سے بات کرنے سے کیوں منع کرتی ہے۔"

"وہ ہماری دُشمن ہے۔"

ماں کہتی تھی پاروتی اچھی عورت نہیں ہے ورنہ اس سے کوئی شادی نہ کر لیتا۔

اور یہ کہ وہ جادو ٹونا کرتی ہے۔ میں نے سُن رکھا تھا کہ جادو ٹونا کرنے والی عورتیں آدمی کو بھیڑ یا کتا بنا کر قید کر لیتی ہیں اور وہ کبھی آزاد نہیں ہوتا۔ میں کنچے کھیلتا ہوا اسے غور سے دیکھتا تو وہ مجھے جادوگرنی بالکل نہ لگتی۔ اس کا چہرہ گول اور خوبصورت تھا۔ اور آنکھیں بڑی بڑی اور کالی۔ وہ بال ہمیشہ کھلے رکھتی تھی جس سے کبھی کبھی مجھے ڈر سا لگنے

لگتا۔ میں جب سے اسے دیکھتا تو مجھے ماں کے پوجا کے کمرے میں رکھی چاندی کی لکشمی یاد آنے لگتی۔ اور لکشمی کی تو ماں پوجا کرتی تھی پھول چڑھاتی تھی اور آرتی اُتارتی تھی لیکن پاروتی کو گالیاں دیتی تھی اور کوستی تھی۔ میں پتاجی سے پوچھتا کہ ماں ایسا کیوں کرتی ہے تو وہ یوں میری طرف دیکھتے جیسے میرے آر پار دیکھ رہے ہوں۔ مجھے ان کا اس طرح دیکھنا ہمیشہ عجیب سا لگتا ہے۔ اور اس سے خوف بھی آیا ہے کہ ہم خود کو ان نظروں کے سامنے محفوظ محسوس نہیں کرتے اور کوئی راز راز نہیں رہتا۔ اور جب ہمارا سارا راز نہ رہے تو زندگی کیا ہوئی۔ ہمارے وجود کے معنی کیا ہوئے۔ شخصیت میں تھوڑا سا اسرار تو ضرور ہونا چاہیئے۔ اس طرح آدمی Important بنا رہتا ہے۔ وہ مجھے جب بھی اس طرح دیکھتے تو میں عجیب سی بے چینی محسوس کرنے لگتا اور مجھے خود پر غصہ آنے لگتا کہ میں انھیں اس طرح نہیں دیکھ سکتا تھا۔ صرف ان کا چہرہ ناک کان ہاتھ پاؤں دیکھ سکتا تھا۔ ماں نے بچپن میں بتایا تھا کہ یہی تمھارا باپ ہے (سب مائیں شاید یہی بتاتی ہیں معصوم بچوں کو دھوکا دیتی ہیں) لیکن دراصل وہ باپ نہیں ہوتا جسے ہم دیکھتے ہیں۔ باپ تو اس کے اندر بہت گہرائی میں کہیں چھپا ہوتا ہے جسے ہم میں سے بہت کبھی دیکھ نہیں پاتے اور سمجھ لیتے ہیں کہ یہی سچائی ہے جو ہم دیکھ رہے ہیں۔

"پاروتی جادوگرنی ہے۔ میں پوچھتا۔"

"جادو کوئی چیز نہیں۔"

"تو پھر ماں کیوں کہتی ہے۔"

"آدمی کو وہی بات ماننی چاہیئے جس کا اُسے یقین ہو۔"

"اسے بھی کسی کام کا نہ چھوڑنا۔" ماں ایسے موقعوں پر نہ جانے کہاں سے اُٹپکتی۔ جب پتاجی کی باتیں اچھی لگنے لگتیں اور دل ان کے پاس بیٹھنے کو چاہتا تو وہ چلی آتی۔

"چل پڑھ جاکر۔"

پتاجی خاموش ہو جاتے۔ اس کے بعد ایسا محسوس ہوتا کہ وہ وہاں ہوتے ہوئے بھی

وہاں نہیں ہیں۔ میں اُٹھ کر آجاتا۔ ماں بعد میں بھی بولتی رہتی لیکن پتاجی کی آواز سُنائی نہ دیتی۔ وہ ماں کی باتوں میں کبھی دخل نہیں دیتے تھے جو کہتی خاموشی سے مان لیتے اور گھر میں بے تعلق سے رہتے۔ تب بھی ماں ان سے ناراض سی رہتی۔ پتاجی سے بات کرتے ہوئے اس کی آنکھیں لوہے کی گولیوں کی طرح سرد رہتیں۔ پیشانی پر بل ہوتے اور لہجے میں تلخی ہوتی۔ اس کی آواز دیر تک سُنائی دیتی رہتی۔ کچن میں آنگن میں کمرے میں ــــــ اور ہم سب بھائی بہن سہمے سے کونوں میں دُبکتے رہتے۔ پتاجی کے حقّے کی گڑگڑ اور بھی تیز ہو جاتی اور دھواں جلدی جلدی ان کے مُنہ سے نکلنے لگتا۔ اور سر جھکائے اپنی مخصوص آرام کرسی پر خاموش بیٹھے رہتے۔ میں سوچتا کہ وہ گوگی یا ڈالی کے ڈیڈی کی طرح کڑکتے گرجتے کیوں نہیں۔ کبھی کبھی ماں کو ڈانٹ کیوں نہیں دیا کرتے ــــــ بس ماں کی ان لوہے کی گولیوں جیسی سرد نظروں سے بچنے کے لیے پوجا کے کمرے میں چلا جاتا جہاں چاندی کی لکشمی پھولوں میں ڈھکی ہوتی اور فضا میں صندل اور لوبان کی خوشبو ہوتی ماں دیر تک مورتی کے سامنے جُھکی رہتی۔ پتاجی اس کمرے میں کبھی نہیں گئے تھے۔ حالانکہ وہ ہمیشہ دھرم کرم اور آتما پرماتما کی باتیں کرتے۔ ان کی باتیں دلچسپ تو لگتیں لیکن تب سمجھ میں نہیں آتی تھیں۔ مورتی کے سامنے کھڑا میں سوچا کرتا ــــــ ماں جب دھرم کرم مانتی ہے پوجا پاٹھ کرتی ہے تو پتاجی سے کیوں لڑتی ہے اور وہ اتنی چڑچڑی کیوں ہو گئی ہے اور ہمیں پیار کیوں نہیں کرتی۔ کبھی ہمارا مُنہ کیوں نہیں چومتی چھاتی سے کیوں نہیں لگاتی۔ اگر دودھ پینے کو دیتی ہے تو ڈانٹ کر۔ کھانا دیتی ہے تو گھور کر۔ ڈالی کی ماں کتنے پیار کتنی نرمی اور محبت سے بات کرتی ہے۔ اپنے ہاتھ سے اس کے بالوں میں ربن ڈالتی ہے اور اسے دروازے تک چھوڑنے آتی ہے اور مسکرا کر ٹاٹا کہتی ہے۔ ماں نے کبھی ہمارا ہاتھ مُنہ نہیں دُھلایا ہم پر اُٹھ اُٹھ کر رات کو کبھی رضائیاں نہیں ڈالیں۔ ہمیں کبھی کہانیاں نہیں سُنائیں۔ وہ لوری گا سکتی ہے کہ نہیں ہمیں معلوم نہیں۔ وہ جھڑک سکتی ہے۔ گالیاں دے سکتی ہے۔

پیٹ سکتی ہے۔ مرو جاکر میری جان کیوں کھا رہے ہو۔ اپنے باپ سے کہو جاکر — یہ سب مجھے اچھی طرح یاد ہے۔ اس کے باوجود وہ ہماری ماں ہے۔ اس نے ہمیں جنم دیا ہے۔

اس شام بھی جب وہ پتاجی کے کمرے سے بڑبڑاتی نکلی تو اس کی پیشانی پر بل تھے اور ہونٹ بھنچے ہوئے تھے۔ میں چپکے سے پوجا کے کمرے میں چلا گیا۔ اور وہاں ایک کونے میں دُبکا اس چوہیا کو دیکھ رہا تھا جو چوکی کے پیچھے سے نکلی۔ اِدھر اُدھر دیکھ کر بتاشوں پر جھپٹی اور تھوڑا سا کتر کر بھاگ گئی۔ چیونٹیوں کی ایک قطار بتاشوں سے دیوار تک چل رہی تھی۔ کبھی کبھی دو چیونٹیاں ایک دوسری کے سامنے آجاتیں تو ایک ساعت کے لیے رُکتیں۔ شاید آپس میں باتیں کرتیں — ہیلو کیا حال ہے۔ کدھر چلیں۔ اور پھر اپنی اپنی راہ لیتیں۔ مجھے اس کونے میں بڑا سکون ملتا۔ گھر کی بوجھل اور موت کی سی خاموش فضا سے وہ کونا کہیں اچھا تھا۔ میں دیوار سے لگا بیٹھا چوہیا اور چیونٹیوں کا تماشہ دیکھتا رہا کہ ماں آگئی۔ آتے ہی اس کی نظر مجھ پر نہیں پڑی تھی۔ جب وہ پلٹی تو مجھے دیکھ سکی۔ لپک کر اس نے مجھے بازو سے پکڑ لیا اور گھسیٹتی ہوئی باہر لے آئی۔

"بتاشے چرانے گیا تھا"

بہت پہلے کبھی مَیں نے یہ حرکت کی تھی اور ماں سے چانٹا کھا کر اور یہ سُن کر کہ یہ پاپ ہے پھر کبھی ایسا نہیں کیا تھا۔ لیکن ماں — وہ ہمیشہ ہی شک کرتی ہے۔ اسے اپنے سوا کسی پر اعتبار نہیں۔ اور وہ بات کہنے سے پیشتر کبھی نہیں سوچتی اور پھر کبھی پشیمان بھی نہیں ہوتی چوری کا الزام لگا کر وہ مجھے گھور رہی ہے۔ مَیں سوچ رہا تھا کہ جواب دینا فضول ہے۔ وہ اعتبار تو کرے گی نہیں۔ مَیں خاموش رہا۔

تم سب نرک میں جاؤ گے۔ سب کے سب پاپی ہو۔"

اس پل پتاجی چھڑی سنبھالے کمرے سے نکلے تھے۔ ماں کی بات سُن کر ایک لمحہ کے لیے رُکے۔

"جاؤ سیر کا حرج ہوگا۔" ماں کے لہجہ میں زہر تھا۔ کبھی سوچا ہے کہ کوئی گھر بھی ہے۔ بچّے چوری کرنا سیکھ رہے ہیں۔"

"مَیں نے کچھ نہیں چُرایا۔" مَیں نے پتاجی کو بتایا۔

فیصلہ دینے والا بھگوان ہے ہم نہیں —— وہ سب کچھ جانتا ہے۔

"اُونہہ" ماں نے ہونٹ بچکا کر نفرت اور غصّے کا اظہار کیا۔ دیکھ لینا وہ دُردشا ہوگی سب کی کہ یاد کروگے۔ سات جنم دکھ بھوگوگے۔" اور پھر مجھ سے 'جا مر پڑھ جاکر' کیوں سب میری جان کے دُشمن ہورہے ہو۔"

اس لمحہ مَیں نے ماں کے لیے سخت نفرت محسوس کی۔ کچھ دیر ماں بڑبڑاتی رہی۔ پھر گھر پر خاموشی طاری ہوگئی۔ مَیں کتاب لے کر دیدی کے پاس جا بیٹھا۔ وہ نٹنگ کررہی تھی۔ میرا جی پڑھائی میں نہ تھا۔ مَیں سوچ رہا تھا کہ پتاجی کہاں گئے ہوں گے۔ ان کا کوئی دوست نہیں تھا۔ فلم دیکھنے کا شوق انھیں نہیں تھا۔ کوئی ہابی بھی نہیں تھی پھر وہ آخر کرتے کیا ہیں۔ رات کو دیر سے لوٹتے ہیں۔ تب ماں جاکر دروازہ کھولتی ہے اور وہی سالوں پُرانا جملہ سُنائی دیتا ہے —— "ہوگئی سیر ختم ——" اور وہ پتاجی کے پیچھے سیڑھیاں چڑھ کر اُوپر آجاتی ہے اس وقت سب سوگئے ہوتے ہیں۔ مَیں جاگتا رہتا ہوں۔ کئی مرتبہ مَیں نے سوچا کہ جاکر دروازہ کھولوں لیکن ہمت نہیں ہوتی۔

اس شام مَیں کنچے جیب میں بھر کر کھولے میں گیا تھا۔ کنچوں سے زیادہ مجھے پاروتی میں دلچسپی تھی۔ میں جاننا چاہتا تھا کہ ماں ہر وقت اسے بُرا کیوں کہتی ہے اور کہ وہ کیسے جادو کرتی ہے۔ کھیلتے کھیلتے میرے پاؤں میں کانچ کا ایک ٹکڑا چُبھ گیا اور خون بہنے لگا۔ مَیں ماں کے ڈر سے رو بھی نہ سکا کہ وہ ایسے موقعوں پر ہاتھ سے بات کرتی ہے۔ تمام بچّے میرے گرد جمع ہوگئے۔ شاید کسی کو سمجھ نہیں آرہا تھا کہ خون کو کیسے روکا جائے۔ اس وقت کھڑکی میں پاروتی دکھائی دی۔

"کیا ہوا"۔ اس نے پوچھا۔

"بچّہ کو چوٹ لگی ہے۔ بہت خون نکلا ہے"۔

چند سیکنڈ بعد وہ میرا پاؤں پکڑے بیٹھی تھی۔ پھر وہ مجھے سہارا دے کر اپنے مکان میں لے گئی۔ رُوئی سپرٹ میں تر کر کے میرا زخم صاف کیا۔ سپرٹ نے زخم میں مرچیں سی لگا دیں۔ میں چلایا تو وہ جھک کر پھونک مارنے لگی۔

"مرد ہو کر اتنی سی چوٹ سے گھبراتا ہے"۔ وہ ہنسی "چل کھڑا ہو جا کچھ نہیں ہوا ایسی چوٹیں تو روز لگتی ہیں"۔

یہ لہجہ یہ ہمدردی یہ اپنا پن میرے لیے بالکل نیا تھا۔ ماں ہوتی تو چانٹا مار کر پوچھتی۔ آنکھیں بند تھیں۔ میرے لیے کوئی نہ کوئی مصیبت کھڑی کر لیا کرو"۔ اور پھر وہ دیدی سے کہتی "اری پٹی باندھ دے اس کے ـــــــ" مَیں حیرت اور شوق سے اسے دیکھ رہا تھا۔ اس سانپ کی طرح جو نہ ہوتے ہوئے بھی اندھیرے میں محسوس ہوتا رہتا ہے۔

"کیا دیکھ رہا ہے رے"۔ وہ مُسکرائی۔

"تم جادو سے مجھے بٹیر بنا دو گی ـــــــ" مَیں نے ایک دَم کہہ دیا۔

وہ کھلکھلا کر ہنس دی "اچھا یہ کس نے کہا تجھ سے"۔

مَیں چُپ رہا۔ اور ایک دم مجھے ماں سے نفرت کا احساس ہوا اور نہ جانے کیوں مَیں نے سوچا کہ ماں سے انتقام لینے کا یہی بہترین موقعہ ہے۔ میں نے دبے لہجے میں کہا "ماں کہتی ہے"۔

پاروتی ایک دم سنجیدہ ہو گئی۔ پھر ہنسنے لگی۔ میرا خیال تھا کہ وہ ماں سے نفرت کا اظہار کرے گی اسے گالیاں دے گی اور اس طرح میرے جذبۂ انتقام کی تسکین ہو جائے گی۔ لیکن میرے اس جذبہ پر اس نے ہنس کر اوس ڈال دی۔ مَیں نے پوچھا۔

"جادو کیسے کرتے ہیں"۔

" جادو کوئی چیز نہیں ہے۔ آدمی کو جادو سے نہیں محبت اور پیار سے جیتا جاتا ہے اور جو محبت کر سکتے ہیں۔ بھگوان ان سے خوش ہوتا ہے۔"

" پتا جی بھی یہی کہتے ہیں۔"

پاروتی نے میری طرف دیکھا اور سپرٹ کی شیشی اٹھا کر الماری میں رکھنے چلی گئی اس وقت باہر ماں کی آواز سنائی دی۔ وہ مجھے پکار رہی تھی۔ شاید کسی نے ماں کو خبر کر دی تھی میں سہم گیا۔ پاروتی میرے قریب آئی۔ میرے سر پر ہاتھ رکھ کر بڑے پیار سے بولی۔" تمھاری ماتا جی ہیں۔"

میں نے خوفزدہ آنکھوں سے اس کی طرف دیکھا اور اثبات میں سر ہلا دیا۔ اس پل تو میں نے سوچا کہ پاروتی مجھے جادو سے بیٹر ہی بنا دے۔ اور ماں دیکھ کر چلی جائے۔

جو ڈرتے ہیں وہ ہمیشہ دکھی رہتے ہیں۔ تم نے کوئی پاپ نہیں کیا۔ وہ بولی۔" آؤ" اور میرا ہاتھ پکڑ کر باہر لے گئی۔

ماں نے مجھے گھور کر دیکھا اور یوں میرا ہاتھ جھپٹ لیا۔ جیسے میں اُسا جا رہا تھا۔

"اسے کانچ چبھ گیا ہے۔ میں نے زخم دھو دیا ہے۔ گھر جا کر ٹنکچر لگا دیجئے گا۔ گھبرانے کی کوئی بات نہیں۔"

" مجھے پتہ ہے"۔ ماں نے تلخی سے کہا اور مجھے گھسیٹتی ہوئی گھر لے گئی۔ اوپر پہنچ کر اس نے مجھے پتا جی کے سامنے کھڑا کر دیا اور غصے سے بولی۔

دیکھی اپنے لاڈلے کی کرتوت۔ پوچھو اس سے کہاں گیا تھا۔"

پتا جی نے گہری نظروں سے مجھے دیکھا اور سر جھکا لیا۔

میری تو اس گھر بس کوئی سنتا ہی نہیں۔ جو میں کہتی ہوں وہ ہوتا نہیں۔ پھر وہ مجھے جھنجوڑ کر بولی۔

" بول کہاں گیا تھا۔"

"کھیلنے۔"

"کھیلنے کے بچے۔ مَیں پُوچھتی ہوں تو اُس کلموہی کے گھر کیا کرنے گیا تھا۔"

وہ خود ہی لے گئی تھی" مَیں نے ڈر کے مارے کہہ دیا۔

"دیکھ لیا۔" ماں نے پتاجی کی طرف دیکھا۔" میں کہے دیتی ہوں اس کا نتیجہ اچھا نہیں ہوگا۔ لے گئی رانڈ مرہم پٹی کرنے۔ ماں سے سگی پھپھے کٹنی۔ کنجری کوئی جادو ٹونا کرے گی میرے بچے پر۔ اپنا کوئی آگے پیچھے ہے نہیں۔ دوسروں کے دیکھ نہیں سکتی۔ میری تو چنڈال جنم جنم کی بیرن ہے۔ نہ جانے میں نے اس کا کیا بگاڑا ہے۔ ہے بھگوان مرتی بھی نہیں۔ ہٹی کٹی پھر رہی ہے اِسے آئے کسی کی آئی۔"

پتاجی سر لٹکائے خاموش بیٹھے رہے۔ ان کا ہاتھ کرسی کے بازو پر پڑا کپکپا رہا تھا۔ ٹانگیں لرز رہی تھیں اور نچلا ہونٹ انھوں نے زور سے دانتوں تلے دبا لیا تھا۔ ماں کا غصہ ایک دم اور تیز ہو گیا۔ اس نے زور سے میری پیٹھ پر دو ہتڑ جمایا۔ اور لات مار کر بولی۔

اب وہاں گیا تو ٹانگیں توڑ دوں گی" سمجھے" اور وہ مجھے گھسیٹ کر باہر لے گئی۔ "آج تجھے کھانا نہیں ملے گا۔"

اس رات بھی پتاجی دیر سے لوٹے جب ماں تھک کر اپنے بستر پر پڑ گئی تو وہ میرے پاس آئے۔ بھوک کی وجہ سے مجھے نیند نہیں آ رہی تھی۔ پتاجی ایک منٹ تک کھڑے اندھیرے میں مجھے دیکھتے رہے۔ پھر انھوں نے میرے سرہانے ایک پیکٹ رکھ دیا۔ اور چلے گئے۔ مَیں نے اندھیرے میں ٹٹول کر پیکٹ کھولا تو اس میں سنڈوچز پیسٹریاں اور بن (BUN) تھے۔ مَیں ایک منٹ تک ہاتھ سے وہ چیزیں محسوس کرتا لیٹا رہا۔ پھر میری آنکھوں میں آنسو آ گئے۔ اور مَیں نے محسوس کیا کہ میں پتاجی سے بیحد محبت کرتا ہوں۔ مَیں اس شخص کے اندر دیکھ رہا ہوں جو میرے سامنے بھی نہیں۔ میں اندھیرے میں لیٹے لیٹے کھاتا رہا اور سو گیا۔

صبح اس پیکٹ کی وجہ سے ماں اور پتاجی میں لڑائی ہوئی پتاجی نے صرف اتنا کہا کہ وہ

بچّوں کو بھوکا نہیں رکھ سکتے۔ ماں اور بھی بھڑک اُٹھی اور جو جی میں آیا کہے چلی گئی پتاجی حسبِ معمول خاموش رہے۔

"تم چاہتے ہو کہ گھر میں میری کوئی عزت نہ رہے۔ میرے بچّوں کو میرے خلاف اُکساتے ہو۔ آخر تم چاہتے کیا ہو۔ جو میں کہتی ہوں تم اس کے خلاف ہو جاتے ہو۔ چلی جاؤں گھر چھوڑ کر۔ پر یاد رکھو۔ اتنی آسانی سے میں بھی نہیں جانے والی۔"

اور پھر وہی رونا دھونا ٹھنڈا چولہا اور موت کی سی سرد اور زرد فضا۔

اس روز پتاجی مجھے اپنے ساتھ سیر کرانے لے گئے۔ یہ پہلا موقع تھا کہ اُنھوں نے اپنے ساتھ کسی بچے کو لیا تھا۔ ورنہ ہم میں سے کسی کو معلوم ہی نہ تھا کہ باپ کی اُنگلی پکڑ کر بازاروں میں سے گزرنا کھلونوں اور مٹھائیوں کے لیے ضد کرنا کیا ہوتا ہے۔ اس دن مجھے ایک طرح کی حفاظت اور بڑے پن کا احساس ہوا اور ان تمام چیزوں اور مناظر کے معنی ہی بدل گئے تھے جو میں نے سکول سے آتے جاتے اکیلے تھے۔ اب ان میں وہ اکیلا پن نہیں تھا جو دل کو اذیت پہنچاتا تھا۔ ہم مندر میں جا بیٹھے میں تالاب میں مچھلیوں کو دیکھ رہا تھا اور پتاجی کی آنکھیں مندر کے کلس پر چمچاتی دھوپ پر تھیں۔ میرا دل مچھلیوں کے ساتھ تیرتے اور پانی میں غوطا لگانے کو کر رہا تھا۔ لوگ مندر میں آ جا رہے تھے۔ ان کے ہاتھوں میں پھول اور پرشاد تھا۔

"تم پاروتی کے ہاں کیوں گئے تھے۔" اچانک اُنھوں نے پوچھا۔

ایک مچھلی سطح پر تیرتے پھول کو سونگھ کر پانی میں غوطہ لگا گئی تھی۔

"پتاجی۔ پاروتی بڑی عورت ہے۔"

"وہ دیکھو پھول۔ کوئی تم سے پوچھے کہ یہ کیا ہے تو تم فوراً کہہ سکتے ہو کہ یہ پھول ہے۔ لیکن تم یہ تو نہیں بتا سکتے کہ پانی کے اندر تالاب کی تہ میں کیا ہے اور سمندر کی تہ میں کیا ہے۔ یہ تو تم بالکل نہیں بتا سکو گے کیونکہ تم نے وہاں پہنچ کر دیکھا ہی نہیں۔ اور جو سُن کر

سیکھتے ہیں وہ پوری طرح نہیں سیکھتے اور جو خود تلاش کرتے ہیں اور گہرائی میں ڈوب کر پتہ لگاتے ہیں وہی پوری طرح سیکھتے ہیں۔ اور سمجھ پاتے ہیں۔

مجھے اس وقت پتاجی کی بات سمجھ میں نہیں آسکی تھی لیکن دلچسپ معلوم ہوئی تھی ان کی بھاری گمبھیر آواز دل تک پہنچ رہی تھی اور اس دھوپ کی طرح اچھی اچھی لگ رہی تھی جو سردیوں میں سرسوں کے کھیتوں پر چمکتی ہے۔ اور بدن کو میٹھی میٹھی حرارت بخشتی ہے۔ پتاجی اس شیشے کی طرح لگ رہے تھے جس کے آرپار دیکھا جا سکتا ہے اور اس شخص سے بالکل مختلف تھے جو آرام کرسی میں نیم دراز حقہ پیتے تھے اور کسی سے کوئی تعلق نہ رکھتے تھے

"تم مندر میں جانا چاہو تو جا سکتے ہو"۔ پتاجی نے کہا۔

میں مندر کے اندر جہاں مورتیاں تھیں چلا گیا۔ بڑی بڑی سونے چاندی اور پھولوں سے ڈھکی مورتیوں اور چاندی کی چھت اور دروازوں والے کمرے اور سونے کی طرح چمکتے ستون دیکھ کر بڑا خوش ہوا۔ مَیں نے ہاتھ جوڑ کر آنکھیں موندلیں اور پرارتھنا کی کہ ماں پتاجی سے لڑنا بند کر دے اور پاروتی کو برا بھلا نہ کہے (جو منظور نہیں ہوئی) پرارتھنا کر کے میں باہر آگیا۔ پتاجی تالاب میں مچھلیوں کو آٹا ڈال رہے تھے۔ جو بھاری تعداد میں پانی کی سطح پر آگئی تھیں۔

"چلیں"۔ انھوں نے پوچھا۔

ہم مندر کی حدود سے نکل آئے۔ کچھ بچّوں کو کھلونے اور مٹھائی لیتے دیکھ کر انھوں نے مجھ سے پوچھا کہ کیا تم کچھ لینا پسند کرو گے: مَیں نے انکار کر دیا۔ پھر مَیں نے اپنی پرارتھنا کے بارے میں بتایا تو وہ سامنے دیکھتے ہوئے بولے۔

"ہاں ماں کے لیے دعا کیا کرو"

"پتاجی ماں آپ سے لڑتی کیوں ہے"

"اس میں اس کا کوئی قصور نہیں۔"

"پھر کس کا قصور ہے؟"

"شاید کسی کا بھی نہیں۔"

"پتاجی میری کتاب میں لکھا ہے کسی کو بُرا مت کہو۔ کسی کا دل مت دکھاؤ۔ کسی سے لڑو نہیں۔ اور سب سے محبت کرو۔"

"ہاں کتابوں میں یہی لکھا ہوتا ہے۔"

پھر انھوں نے کوئی بات نہیں کی۔ ہم گھر کی طرف لوٹ رہے تھے۔ مَیں نے دیکھا۔ پتاجی کے چہرے پر وہی غم وہی بیزاری اور وہی اُداسی کی سیاہ پرچھائیاں تیر رہی ہیں اور وہی پتھریلا پن سارے جسم پر چھا گیا ہے اور وہ ایک دم اجنبی غیر اور دُور ہو گئے ہیں۔

پاروتی کئی دن کھڑکی میں دکھائی نہیں دی۔ مشین کی آواز بھی سُنائی نہیں دی پھر ایک شام گوگی سے معلوم ہوا کہ وہ بیمار ہے۔ اور اپنے کمرے میں اکیلی پڑی رہتی ہے۔ میرے دل میں اسے دیکھنے کی شدید خواہش بیدار ہوئی۔ لیکن ماں کا ڈر تھا۔ وہ ٹانگیں توڑ دے گی۔ میں نے ایک شام پتاجی کے ساتھ سیر کرتے ہوئے کہا۔

"پتاجی پاروتی کو بخار آرہا ہے۔"

وہ دُور اُفق پر پھیلی درختوں کی سیاہ قوس کو دیکھ رہے تھے۔ میری بات سُن کر میری طرف دیکھنے لگے۔ مَیں نے ان کی اُنگلیوں میں لرزہ محسوس کیا اور ان کے چہرے پر جیسے سب کچھ پگھل رہا تھا۔ وہ پھر درختوں کی اس قوس کو دیکھنے لگے۔ مَیں نے پھر کوئی بات نہیں کی۔ واپسی پر ہم مندر گئے۔ پتاجی نے باہر سے آٹا لیا اور گولیاں بنا کر مچھلیوں کو ڈالنے لگے اور مَیں اندر چلا گیا۔ جب میں باہر آیا تو پتاجی مندر کے گیٹ کی طرف دیکھ رہے تھے۔ مجھے دیکھ کر وہ آگے بڑھ آئے اور میرے شانے پر ہاتھ رکھ دیا۔ کچھ بولے نہیں۔

"میں نے بھگوان سے کہا ہے کہ وہ پاروتی کو جلدی سے اچھا کر دے۔"

پتاجی خاموش رہے صرف ان کے ہاتھوں کا دباؤ میرے شانے پر قدرے بڑھ گیا اور جیسے وہ پگھل پگھل کر میرے وجود میں سرایت کر رہے تھے۔ مَیں نے پوچھا۔

"پتاجی۔ آپ مندر میں کیوں نہیں جاتے۔"

"بڑا ہو کر آدمی سچا نہیں رہتا۔ اسے ڈر لگنے لگتا ہے۔"

"بھگوان سے۔"

"نہیں اپنی کمزوریوں اور پاپوں سے کہ وہ جو دکھائی نہیں دیتا دیکھتا ہے۔"

پاپ کیا ہوتا ہے پتاجی۔ ماں کہتی ہے بتاشے اٹھا کر کھانے سے پاپ لگتا ہے اور آدمی نرک میں جاتا ہے۔"

"پاپ وہ ہے جو تم ٹھیک سمجھتے ہوئے بھی نہ کرو۔ اور جن میں صحیح قدم اُٹھانے کا حوصلہ نہیں ہوتا وہ پاپی ہوتے ہیں اور اس دُنیا میں نرک بھوگتے ہیں اور دکھی رہتے ہیں۔

دوسرے دن شام کو میں پاروتی کے ہاں چلا گیا۔ ماں کی ناراضی کا ڈر ایک لمحہ کے لیے سانپ کی طرح پھنکارا تھا۔ لیکن میں نے اس کا سَر کچل دیا۔ پاروتی کے کمرے میں زرد اور مدھم روشنی والی لالٹین جل رہی تھی جس سے کمرے کی اُداسی اور بھی بڑھ گئی تھی۔ پاروتی دیوار کے ساتھ چارپائی پر کمبل لپیٹے پڑی تھی۔ اس کا چہرہ زرد۔ ہونٹ خشک اور بال بکھرے سے تھے۔ وہ بہت کمزور نظر آرہی تھی۔ اس نے مجھے دیکھ کر پکارا۔

"پپّو"

مَیں اس کے قریب چلا گیا اور بستر پر ہاتھ رکھ کر کھڑا ہو گیا پاروتی نے کمبل سے ہاتھ نکال کر میرا ہاتھ پکڑ لیا اور مجھے اپنے بستر پر بٹھا لیا۔ اس لمحہ مجھے ایسا لگا کہ میں پاروتی کے وجود کا ایک حصّہ ہوں اور وہ بے چینی جو میرے دل میں تھی۔ اس کے چھو دینے سے ایک دم دُور ہو گئی۔

"کل مَیں نے مندر میں پرارتھنا کی تھی کہ تم جلدی سے اچھی ہو جاؤ۔"

"کیوں"

مجھے خود نہیں معلوم کہ میں نے ایسا کیوں کیا تھا۔ میں خاموش بیٹھا رہا اور اس کی نرم انگلیوں کا لمس اپنے ہاتھ پر محسوس کرتا رہا۔ اس نے شاید اپنی آنکھیں پونچھی تھیں۔ پھر وہ ہونٹوں پر زبان پھیر کر بولی۔

"تمھاری ماتا جی کو معلوم ہوگیا تو"

"تمھیں معلوم ہوگا پتا جی ماں سے کبھی نہیں کہیں گے۔ ماں ان سے لڑتی ہے۔ پہلے پتا جی کسی کو ساتھ نہیں لے جاتے تھے۔ اب صرف مجھے ساتھ لے جاتے ہیں۔ اور بڑی اچھی اچھی باتیں کرتے ہیں۔ پہلے مجھے ان سے ڈر لگتا تھا۔ اب نہیں لگتا۔ وہ باہر جاکر باتیں کرتے ہیں گھر میں بالکل نہیں بولتے۔

"کیا باتیں کرتے ہیں"

مجھے پوری طرح ان کی باتیں سمجھ میں نہیں آتیں اور جو سمجھ سکا اسے بیان کرنے کے لیے شاید میرے پاس الفاظ نہیں۔ اس لیے میں پھر خاموش ہوگیا۔ چند سیکنڈ کمرے میں خاموشی رہی۔ پھر میں نے کہا۔

"ماں کہتی ہے تم بہت بُری ہو اور ہماری دُشمن بھی"

وہ چھت کو دیکھتی ہوئی ہنس دی۔ پھر بولی۔

"پھر یہاں تم کیوں آئے ہو"

"مجھے تم اچھی لگتی ہو"

پاروتی نے مجھے سینے سے لگا لیا۔ کئی منٹ اسی طرح گزر گئے۔ پھر اس نے وہی بات کی جو پتا جی نے کہی تھی اور میں حیران تھا کہ دونوں نے ایک ہی طرح کیسے سوچا۔

"تم نے میرے لیے پرارتھنا کی ہے نا۔ ماں کے لیے پھر کرنا"

پھر وہ میرے سکول اور پڑھائی کے بارے میں پوچھنے لگی اور یہ کہ میں پڑھ کر کیا

بنوں گا اور کیسے رہوں گا۔ اتنی دلچسپی سے نہ ماں نے کبھی پوچھا تھا اور نہ پتاجی نے نہ ہی مجھے معلوم تھا کہ مستقبل میں مجھے کیا کرنا ہے۔

اس روز پاروتی کی دوا لینے بھی میں گیا۔ واپسی پر ماں نے دیکھ لیا۔ اس نے پوچھا بھی دوا کس کی ہے۔ لیکن میں جواب دئے بغیر بھاگ آیا اور دوا پاروتی کو دے کر گھر چلا گیا۔ ماں اس وقت پتاجی کے سامنے کمر پر دونوں ہاتھ رکھے کھڑی تھی اور تھانیداروں کی طرح بول رہی تھی۔ اس نے ایک دو مرتبہ پاروتی کا اور میرا نام بھی لیا تھا۔ اس لیے میں سمجھ گیا تھا کہ میرا ہی ذکر چل رہا ہے۔ میں چپ چاپ اپنے کمرے کی طرف جانے لگا کہ ماں نے دیکھ لیا اور لپک کر مجھے گردن سے دبوچ لیا۔

"جا کہاں رہا ہے۔ ادھر آ" اور مجھے گھسیٹ کر پتاجی کے سامنے لے آئی۔

"جان سے مار دے اسے۔ مجھے کیا کہتی ہے۔ میں کیا کروں"۔ پتاجی نے نہایت لاتعلقی سے کہا۔

"جان سے تو تم مجھے مارو گے"۔ ماں پھنکاری۔" اسے اور سر چڑھاؤ اور ساتھ لیے لیے پھرو۔ خوب میرے خلاف سکھاؤ۔ تمھیں چین ہی اس دن آئے گا جب میری ارتھی اٹھےگی۔ اتنے اتنے بچوں سے میری بے عزتی کرواتے ہو"۔ ماں آنکھوں پر پلّو رکھ کر رونے لگی دیدی اور بھیا آگئے اور دروازے میں کھڑے ہو کر اندر دیکھنے لگے۔ اندر آنے کی ہمت نہ کر سکے۔

"کیوں گیا تھا وہاں"۔ پتاجی نے کڑک کر پوچھا۔

میں سہم گیا۔ پہلی بار وہ اس طرح کڑکے تھے۔ ان کے نتھنے پھول رہے تھے اور ہونٹ کپکپا رہے تھے۔ چہرہ دمک رہا تھا۔ انھوں نے پورے زور کا تھپڑ میرے گال پر جڑ دیا میں لڑکھڑا گیا ـــــ کون تھی وہ تیری کیوں گیا تھا وہاں ـــــ" پتاجی نے حنفی کی نئی نکال لی تھی اور دھڑا دھڑ مجھ پر برسانے لگے اور بار بار ایک ہی جملہ دُہرا رہے تھے۔

"کون لگتی ہے وہ تیری" وہ مجھے اس وقت تک مارتے رہے جب تک نے ٹوٹ نہیں گئی۔

ماں نے رونا بند کر دیا تھا اور دہشت زدہ سی بیٹھی مجھے تکے جا رہی تھی۔ پتاجی نے پھینک کر تھکے ٹوٹے سے کرسی پر گر پڑے تھے۔ ان کے ہاتھ پاؤں میں لرزہ تھا۔ نہ جانے کیوں مجھے ان پر بے اختیار پیار آگیا اور ماں پر شدید غصہ۔

"کتنی بے دردی سے مارا ہے بچے کو۔" ماں دیوار کے ساتھ لگی کہہ رہی تھی۔ "اس رانڈ سے پوچھو جاکر جو میرے پیچھے پڑی ہے۔ اس کے تن بدن میں کیڑے پڑیں۔ سات جنم اندھی ہو۔"

"بکواس بند کرو۔" پتاجی چیخے۔

پہلی مرتبہ میں نے انھیں گھر میں اس طرح بولتے سُنا تھا۔ ایک دم ماں خاموش ہوگئی تھی۔ گھر پر سناٹا چھا گیا تھا۔ مَیں خوش ہوا کہ وہ اس طرح گرجتے تھے۔ میں بہ مشکل تمام خود کو سنبھالتا ہوا اپنے بستر پر جاکر ڈھیر ہوگیا۔ پتاجی کوٹ پہن کر جب چلے گئے تو ماں دیر تک پاروتی کو کوستی رہی۔ مَیں بستر پر پڑا رہا۔ میرا تمام بدن دکھ رہا تھا۔ مَیں چاہ کر بھی رو نہیں پا رہا تھا۔

اس رات پتاجی بہت دیر سے لوٹے۔ دیر تک ان کے قدموں کی آواز کمرے میں سُنائی دیتی رہی۔ جیسے وہ جلدی جلدی چکر لگا رہے ہوں۔ گھر میں سناٹا چھایا تھا۔ ماں ایک "میانی" میں جاکر سوئی تھی۔ میں جاگ رہا تھا۔ پھر وہ بھاری قدم مجھے اپنی طرف آتے ہوئے محسوس ہوئے۔ میں دم سادھے پڑا رہا۔ مَیں نے بند آنکھوں سے دیکھ لیا کہ پتاجی مجھ پہ جھکے کھڑے ہیں۔ اور غور سے مجھے دیکھ رہے ہیں۔ پھر وہ بستر پر بیٹھ گئے اور دھیرے دھیرے میرے بدن پر ہاتھ پھیرنے لگے۔ مجھے لگا کہ وہ درد وہ جلن ان اُنگلیوں نے باہر کھینچ لی ہے۔ اور میں بھلا چنگا اور پھول کی طرح ہلکا ہوگیا ہوں میں آنکھیں نہیں کھول سکا۔ مَیں محسوس کر رہا تھا کہ پتاجی کا چہرہ اُترا ہوا ہے۔ اُداس ہے اور مَیں اسے اپنی آنکھوں سے نہیں دیکھ سکوں گا۔

پھر وہ اُٹھ کر اپنے کمرے میں چلے گئے اور اس رات بھوک کے باوجود مجھے نیند آگئی۔

کئی دن میں اسکول نہیں گیا۔ کھیلنے بھی نہیں گیا۔ ان دنوں ماں پتاجی سے لڑی بھی نہیں۔ لیکن فضا زیادہ بوجھل اور سرد سی رہی۔ مجھے یہ بھی معلوم نہ ہو سکا کہ پاروتی کیسی ہے۔ کسی سے پوچھا بھی نہیں جا سکتا تھا۔ پتاجی ان دنوں اور بھی دور ہو گئے تھے وہ سر ڈھکائے خاموش بیٹھے حقہ پیتے رہتے یا اخبار پڑھتے رہتے۔ وہ مجھے دیکھ کر چلے جاتے۔

جب میں چلنے پھرنے کے قابل ہو گیا تو وہ مجھے اپنے ساتھ سیر کرانے لے گئے اور میں بھول گیا کہ انھوں نے مجھے مارا تھا۔ نہر کی پٹڑی پر خشک بھورے پتوں پر چلتے ہوئے انھوں نے کہا تھا "بیرونی مار سے اندر کی مار زیادہ خطرناک ہوتی ہے۔ وہ مار جو ضمیر مارتا ہے۔ یہ مار تو تم نے برداشت کر لی ضمیر کے خلاف کبھی کچھ نہ کرنا۔ اس کی مار برداشت نہیں کر سکو گے۔"

سکول کے سال ختم ہو گئے۔ میں پاروتی سے بے دھڑک ملنے لگا۔ اس کے بالوں میں سفید تار نظر آنے لگے۔ وہ بال اب بھی کھلے رکھتی تھی۔ میں نے اس سے ایک آدھ بار پوچھا بھی کہ وہ ایسا کیوں کرتی ہے۔ لیکن اس نے کبھی خاطر خواہ جواب نہیں دیا۔ ہنس کر کہتی "تو تو پاگل ہو گیا" اور ہماری باتیں اس طرح بھٹک جاتیں اور میرا سوال سوال ہی رہ جاتا۔ ماں اب زیادہ دخل نہیں دیتی تھی۔ دیدی کی شادی ہو گئی تھی۔ بھیا ہوسٹل میں چلا گیا تھا۔ ماں تو جیسے تھک گئی تھی۔ لیکن پتاجی کے معمول میں کوئی فرق نہیں آیا تھا۔ وہی بس سیر اور وہی گھر میں آرام کرسی پر بیٹھ کر حقہ گڑگڑانا۔

میں کالج کی فضاؤں میں سانس لے رہا تھا اور پتاجی کی باتیں کچھ کچھ سمجھ آنے لگی تھیں انھوں نے بات کرنا کم کر دیا تھا۔ میری زندگی بھی گھر کی چار دیواری سے باہر پھیلی وسیع دُنیا میں غوطے لگا رہی تھی اور سب کچھ بڑا عجیب سا لگ رہا تھا۔ ہر چیز ہر شئے کے معنی بدل رہے تھے۔ رُوپ بدل رہے تھے۔ باہر سے تو وہی روپ تھا لیکن اندر سے کچھ اور نظر آنے لگا تھا۔

میں اب بہت کم پاروتی کے ہاں جاتا۔ دراصل باہر میری دلچسپیاں بڑھ گئی تھیں

کئی دن گزر جانے پر جب میں پاروتی کو ملنے جاتا تو وہ بہت اُداس سی ملتی۔ اور ایسی باتیں کرتی جیسے وہ سب کچھ تیاگ چکی ہو۔

پھر جب ایک دن میں پہنچا تو پاروتی کمبل لیے پڑی تھی اور سردی محسوس کر رہی تھی۔ مَیں نے جب اس کی نبض دیکھی تو بخار معلوم ہوا۔

"تمھیں تو بخار آنے لگا ہے۔"

وہ مسکرا دی۔

"دوا کھائی؟"

"اب بس۔"

"کیا بس؟"

"بیٹھ جا اب تو تو بھی نہیں آتا رے۔"

"میں وہ۔ دراصل بات یہ ہے کہ ... ..."

"مَیں سب سمجھتی ہوں۔" وہ ہنسی "اب یار دوستوں میں جی لگتا ہوگا۔ دیکھ پڑھائی کا حرج مت کرنا۔ نہیں تو کان لمبے کردوں گی۔"

"اچھا مَیں تمھاری دوا لے آؤں۔"

"____ میرے پاس بیٹھ جا" اور اس نے میرا ہاتھ تھام لیا۔ پھر نہ جانے کیا ہوا کہ اس کی آنکھوں سے جھر جھر آنسو بہنے لگے۔ ایک منٹ تو میں خاموش دیکھتا رہا۔ پھر مجھ سے نہ رہا گیا۔

"رونے لگیں۔"

"کچھ نہیں"۔ وہ آنسو پونچھنے لگی۔

پھر وہ بولی۔ "اچھا ایک بات تو بتا۔ مَیں اگر مر گئی تو تُو مجھے یاد کرے گا۔"

"ایسی باتیں کروگی تو مَیں چلا جاؤں گا۔"

"ہاں تو ابھی چلا جا چلا جا۔" وہ پھر رونے لگی۔

"دیکھو میں تمھیں ہمیشہ یاد رکھوں گا۔"

وہ خاموش رہی۔ میں جا کر اس کی دوا لے آیا۔

دوسرے دن اس کا حال معلوم کرنے گیا۔ بخار بڑھ گیا تھا۔ اور وہ نیم بے ہوشی کی حالت میں پڑی تھی۔ گھبرا کر میں ڈاکٹر کو بلا لایا اور اس کے مشورے پر پاروتی کو ہسپتال پہنچا دیا گیا۔

جس وقت میں نے ایمبولنس گاڑی کے لیے فون کیا تو پتا جی کمرے میں تیز تیز چکر لگا رہے تھے۔ بار بار وہ سیڑھیوں کی طرف جاتے۔ پھر لوٹ آتے۔ آخر کرسی پر جیسے ڈھیر ہو گئے۔ اور سر تھام کر بیٹھ رہے۔

تین چار دن ان کی یہی کیفیت رہی۔ وہ جیسے مجھ سے بات کرنے کی کوشش کرتے پھر رہ جاتے۔ ہمارے گھر میں پھر ایک عجیب سا سناٹا آ گیا تھا جیسے اب کچھ ٹوٹنے والا ہے۔ ماں جو تھک سی گئی تھی۔ اب پھر اپنے آپ کو جیسے تر و تازہ محسوس کرنے لگی تھی۔ وہ غور سے پتا جی کی طرف دیکھتی اور پوجا کے کمرے میں چلی جاتی اور دیر تک وہاں گھنٹیاں بجاتی رہتی۔ مجھے دن میں تین چار مرتبہ ہسپتال جانا پڑتا۔

ایک دن ماں جب پوجا کے کمرے میں تھی تو پتا جی میرے سامنے آ کھڑے ہوئے اور چند ثانئے وہ اس طرح مجھے دیکھتے رہے۔ پھر چاروں طرف دیکھ کر آہستہ سے نڈھال سی آواز میں بولے۔

"تیرے پاس پیسے ختم ہو گئے ہوں گے اور ضرورت ہو تو مجھ سے لے لینا۔"

اسی شام پاروتی نے پران تیاگ دئے۔ میں اس وقت ہسپتال میں ہی تھا۔ پاروتی مجھے دیکھ کر مسکرائی تھی۔ اس کے ہونٹ ہلے تھے جیسے وہ کچھ کہنا چاہتی ہے لیکن وہ کچھ کہہ نہ سکی۔ بس آخری سانس لیا۔ اس کے کھلے بال تکیئے پر

پھیلے ہوئے تھے۔

پاروتی کے پھول میں نے پرواہ کئے۔ اب اس کی یاد باقی ہے۔

گھاٹ سنسان ہے اور ذرا فاصلے پر جلتی ہوئی دھیمی سی زرد روشنی بالکل اکیلی اکیلی سی لگ رہی ہے۔ لیکن وہ سلاخوں والی کھڑکی اب بند ہو گی۔ کسی نے میرے کندھے پر آہستہ سے ہاتھ رکھ دیا ہے۔ شاید چوکیدار ہے۔ اب مجھے چلنا چاہیئے۔

چوکیدار نہیں پتاجی ہیں۔ وہ مند مند بہتے پانی اور اس پر جھلملاتی روشنیوں کو دیکھ رہے ہیں ـــــ اور میں ان کے دل کی گہرائیوں کو جھانک رہا ہوں۔ ایسا لگتا ہے کہ میرے سامنے ایک ساز ہے جس کا تار ٹوٹ گیا ہے اور ایک درد بھری جھنکار ساری فضا میں پھیل رہی ہے اور پھیلتی جا رہی ہے۔

رام لعل

مجھے پہچانو

نئی کالونی میں اپنا کلینک کھولے مجھے زیادہ عرصہ نہیں ہوا تھا۔ وہاں ایک روز اچانک شوی سے ملاقات ہوگئی۔ شوی تو اس کے بچپن کا نام تھا۔ میں نے اسے اسی نام سے مخاطب کیا تو لمحہ بھر کے لیے وہ حیران سی کھڑی رہ گئی۔ پھر بولی۔ میں مسز اگروال ہوں۔ "تین روز سے اس کلینک کے باہر ڈاکٹر ریوتی سرن سکسینہ کی نیم پلیٹ دیکھتی ہوئی گذر جاتی ہوں۔ دیکھتے ہی میں سمجھ گئی تھی یہ تم ہی ہوگے۔ کیوں کہ مجھے یاد تھا تم نے یونیورسٹی چھوڑ کر میڈیکل میں داخلہ لے لیا تھا۔ لیکن صبح تمھارا کلینک بند کیوں لگتا ہے۔ آج تو میں طے کرکے صبح کے بجائے شام کو آئی ہوں کہ تم سے ملاقات کرکے ہی جاؤں گی۔

دس سال کے بعد بھی، وہ وہی شوی تھی۔ بڑی اپنائیت سے مجھے تم تم کر کے مخاطب کرنے والی اپنے قدرتی طور پر سرخ اور انتہائی ہونٹوں کو بار بار دانتوں تلے دبا کر بے ہوش ہوئی اندرونی خوشی کو روکتی ہوئی سی۔ میں سمجھ گیا وہ مجھ سے مل کر بہت خوش ہوئی ہے۔ لیکن بڑی کوشش سے سنجیدہ اور پرسکون نظر آنے کی کوشش میں بھی ہے۔ تین سال کی ایک شادی شدہ عورت کو اپنے ماضی کے کسی بوائے فرینڈ سے اچانک ملاقات ہوجانے پر ایسا ہی نظر آنا چاہیے تھا۔

میں نے اس سے بتایا" صبح تو ایک ہاسپٹل میں نوکری کرنے جاتا ہوں اور دوپہر مریضوں کے یہاں جایا کرتا ہوں۔ شام کو بس دو ہی گھنٹوں کے لیے اپنے کلینک میں بیٹھ جاتا ہوں۔"

اس کے بعد جیسا کہ مجھے توقع تھی اس نے مجھ سے میرے گذشتہ زمانے کے بارے میں بھی پوچھا جو کہ دس برسوں پر پھیلا ہوا تھا۔ یونیورسٹی سے میڈیکل کالج، پھر کچھ عرصہ کے لیے ایک ڈسٹرکٹ ہاسپٹل میں کمپلسری سروس۔ اس کے بعد ملٹری کی سروس اور اسی دوران میں ٹانگ پر گولی کھا جانے سے ایک مستقل لنگ لے کر ریٹائر منٹ۔ میں نے ذرا چل کر اپنے اس لنگڑے پن کا احساس کرایا تو اس کے ہونٹوں پر ایک مغموم سی مسکراہٹ آگئی۔

اس کے چہرے پر جو تاثرات تھے ان سے یہی معلوم ہوا کہ اس پر بھی کئی حادثات گذر چکے تھے۔ اس نے کہا ـــ" میں اپنے بچے کو بھی دکھانے کے لیے ساتھ لے آئی ہوں۔ کئی روز سے بالکل اسکول نہیں جاتا ہے۔ ہمیشہ کوئی نہ کوئی بہانہ بنا لیتا ہے۔ کبھی پیٹ کا درد کبھی سر درد کا۔ کلاس میں اس کی حاضری چوپٹ ہو کر رہ گئی ہے۔ سب سے ہوشیار لڑکا یہی تھا اپنی کلاس میں۔ اب سب سے پیچھے بھی یہی رہ گیا ہے۔"

اس نے بچے کو ادھر اُدھر تلاش کیا۔ وہ کلینک کے اندر آیا ہی نہیں تھا۔ اس نے باہر جا کر اسے پکارا ـــ" بیٹو۔ بیٹو"

بیٹو پارک کی طرف نکل گیا تھا۔ وہ اسے پکڑ کر لے آئی۔ میں نے اسے پیار سے اپنے پاس بلایا ـــ آؤ بھئی بیٹو۔ میرے پاس آ جاؤ ذرا۔"

وہ بہت ہی پیارا بچہ تھا۔ پانچ سال کا۔ شوبی نے بھی اسے میرے پاس آنے کے لیے پچکارا۔" جاؤ بیٹے۔ اپنے انکل کے پاس نہیں جاؤ گے۔ ڈاکٹر صاحب تمہارے انکل بھی ہیں۔"

یٹو بہت جھجکتے ہوئے میرے پاس آیا۔ اس کا اچھی طرح معائنہ کرکے میں نے شوی کو بتایا۔ اس کا تو گلا خراب ہے۔ دیکھو اس کے کتنے بڑے بڑے ٹانسلز ہیں۔ بخار نہیں آتا اسے۔ کچھ روز کے لیے اس کا اسکول جانا بند کر دو۔ کیوں یٹو۔ تمھیں اسکول سے ایک ایک کی چھٹی دلوا دوں۔ کون سے اسکول میں پڑھتے ہو۔ تمھاری پرنسپل کے نام ایک لیٹر لکھے دیتا ہوں۔"

چھٹی کا نام سن کر یٹو خوش ہوگیا۔ اس نے اپنی ممی کی طرف بڑی فخریہ نظروں سے دیکھا۔ میں نے اسے ایک انجکشن لگایا تب بھی وہ بالکل نہیں رویا کیونکہ اب اسے پورا یقین ہو چکا تھا کہ میں اسے اسکول سے نجات دلا دوں گا اور انجکشن کے بعد تو اسے اپنے ساتھیوں کے ساتھ کھیلنے کی بھی مکمل آزادی ہوگی۔

انجکشن لگوا کر وہ سچ مچ باہر بھاگ گیا۔ میں نے شوی سے کہا" دیکھو یٹو کہیں دور نہ نکل جائے۔"

"فکر مت کرو۔ گم نہیں ہوگا۔ ہمارا گھر بالکل پاس ہی ہے۔ بیس تیس گز کی دوری پر ___ لیکن ڈاکٹر سکسینہ میں تمھیں کبھی اپنے گھر انوائیٹ نہیں کر سکوں گی۔"

وہ اچانک چپ ہوگئی۔ اس کی آنکھوں میں ایک بے بسی سی جھلک اٹھی جو کسی اندرونی کرب سے ملوث تھی۔ کچھ لمحوں تک ہم دونوں ہی خاموش سے بیٹھے رہ گئے۔ خالی خالی نظروں سے ایک دوسرے کی طرف دیکھا کیے۔ لیکن ہمارے درمیان ماضی کا کوئی مشترکہ رومان حائل نہیں تھا۔ اگرچہ ہم دونوں نے ایک ہی کالج میں تعلیم پائی تھی۔ یوں تو وہ خاصی قبول صورت تھی لیکن اس نے کسی کو بھی لفٹ نہیں دی تھی میں نے بھی کبھی پیش قدمی نہیں کی تھی بس اسے دیکھ دیکھ کر خوش ہو لیتا ہوں۔ کسی خوبصورت چہرے کو دور سے دیکھ کر اگر کوئی خوشی مل سکتی ہے تو وہ مجھے حاصل رہی تھی۔ میں بس اسی ٹائپ کا لڑکا تھا۔ اس زمانے میں کئی لڑکے میری عجیب فطرت

پر ہنسا بھی کرتے تھے۔

یاد آیا کالج کے زمانے میں ایک لڑکا شوی کے پیچھے بُری طرح پڑگیا تھا منیش نام تھا اس کا۔ ایک بار تو اس نے شوی کو اٹھالے جانے کی کوشش بھی کی تھی۔کسی سے جیپ مانگ کرلے آیا تھا لیکن ناکام رہا۔ پھر اس نے شوی کے خلاف ایک اور اسکینڈل کھڑا کرنے کے لیے مرن برت رکھ لیا۔یونیورسٹی کی دیواروں پر جگہ جگہ لکھوادیا اگر شوی نے اس کے ساتھ التفات نہ برتا تو وہ اپنی جان ہی دے دیگا۔اس حرکت پر منیش کو یونیورسٹی سے ہی نکال دیا گیا۔شوی کے بارے میں یہ بہت مشہور ہوگئی تھی کہ وہ بے حد مغرور ہے۔اس کے غرور سے انتقام لینے کے لیے منیش نے ایک بار اس پر تیزاب سے بھری ہوئی شیشی بھی پھینکی۔عجیب ضدی واقع ہوا تھا۔ وہ بھی۔لیکن شوی کی خوش قسمتی سے تیزاب کی شیشی اس کے پاس سے ہوکر دیوار سے جاٹکرائی تھی۔اس طرح وہ بال بال بچ گئی۔ ورنہ آج شاید وہ زندہ بھی نہ ہوتی۔ ہوتی تو وہ بے حد بدصورت ہوگئی ہوتی۔

اچانک مجھے یہ بھی یاد آگیا کہ وہ منیش بھی تو اگروال ہی تھا۔شوی نے تھوڑی دیر پہلے خود کو مسز اگروال بتایا تھا۔ میں نے کہا۔۔۔"تم اگروال فیملی میں جانے سے بچ نہیں سکیں نا۔اس منیش کی حرکتیں تو مجھے آج تک یاد ہیں۔تمھیں بھی بھولی نہیں ہوں گی۔

شوی نے حیرت سے میری طرف دیکھا۔ پھر سر جھکا کر بولی۔" میں اس سے بچ کر جا بھی کہاں سکتی تھی اسی کے ساتھ تو شادی ہوئی ہے میری۔۔ارے۔ میں چونک اٹھا۔تو منیش کا بچہ اتنی لمبی جدوجہد کے بعد اسے حاصل کرنے میں کامیاب ہو ہی گیا۔شوی سے کہا۔اچھا اچھا۔ تم منیش کی ہی وائف ہو۔خوب کیا کرتا ہے وہ۔ میں اس سے فوراً ملوں گا۔ وہ مجھ سے مل کر خوش ہوگا نا۔

شوی کی آنکھوں سے اچانک افسردگی جھلک پڑی۔ بولی۔کیا کروگے اس سے مل

کر۔ملو گے تو تمہیں بہت دکھ ہوگا۔ ہو سکتا ہے مجھ پر غصہ بھی آئے کہ میں نے ایسا کیوں کیا۔میں سمجھتی تھی جس آدمی نے مجھے حاصل کرنے کے لیے جی جان کی بازی لگا رکھی ہے وہ مجھے پاکر بہت خوش ہوگا۔ میرے ساتھ ہمیشہ محبت سے پیش آئے گا۔لیکن ہمارے تین چار سال ہی ہنسی سے گذر سکے ۔اس کے بعد تو ہمارا گھر میدان جنگ رہنے لگا۔گالی گلوج مار پٹیائی ہی اب روزمرہ کا معمول ہے ۔ غصے کی حالت میں جو چیزیں اس کے ہاتھ میں آجاتی ہے اس مجھ پر دے مارتا ہے ۔ وہ برتن کراکری کوئی بھی چیز محفوظ نہیں ہے ہمارے گھر میں ۔"

شوبی کی آنکھوں میں آنسو آگئے ۔جنھیں اس نے جلدی سے پونچھ ڈالا۔اور پھر باہر دیکھنے لگی۔ اتفاق سے اس وقت وہاں کوئی اور مریض نہیں تھا اس لیے میں نے بڑے اطمینان سے اس کی آپ بیتی سنتا رہا۔اس نے مجھ سے کوئی بھی بات نہ چھپائی۔ سب کچھ بلا تکلف بیان کر دیا۔

"منیش کے پیچھے پیچھے پھرنے سے عاجز آکر میں نے ہار مان لی تھی،اس سے مجبوراً ملنا جلنا شروع کر دیا تھا۔ میں نے اس سے شادی کر لینے کے لیے کہا تو اس نے انکار نہ کیا۔لیکن اس شادی کے لیے میرے ماں باپ رضامند نہیں ہو سکتے تھے ۔ میں جانتی تھی کہ وہ منیش سے کس قدر نفرت کرتے تھے ۔شادی کر لینے کے بعد ہی میں منیش کو ساتھ لے کر اپنے گھر گئی تو میرا خیال تھا کہ ڈیڈی اور ممی مجھے معاف کر دیں گے۔ منیش کو بھی قبول کر لیں گے ۔ لیکن ایسا نہ ہوا۔ ڈیڈی تو یہ صدمہ برداشت ہی نہ کر سکے ۔ دل کے مریض تو پہلے سے تھے ہی۔اب ایک ہی جھٹکے میں چل بسے ۔میری ممی اس غم سے پاگل ہو گئیں ۔ اس نے بیوہ ہو جانے کے لیے مجھ ہی کو ذمہ دار ٹھہرایا۔سب کے سامنے مجھے سخت برا بھلا کہا۔ میں سمجھتی تھی دھیرے دھیرے وہ نارمل ہو جائے گی لیکن ایسا نہ ہو سکا۔ وہ ابھی تک مجھے گالیاں دیتی پھرتی ہے ۔ جہاں میں مل جاتی مجھے پکڑ کر کوسنے لگتی ہے ۔

میں اس کے پاس کبھی نہیں جاسکتی۔ اس کے تو سامنے ہونے سے ہی ڈرتی ہوں۔"

شوبی نے رورو کر یہ بھی بتایا "ایک ٹریجڈی اور بھی ہوئی۔ منیش کو اچانک یہ شک ہوگیا ہے کہ بیٹو اس کی اصلی اولاد نہیں ہے۔ میں اسے کیسے یقین دلاؤں۔ اس کے اس رویے نے میری زندگی کو نرک بنادیا ہے۔

یہ کہتے کہتے اس نے اپنی پیٹھ پر سے ساڑی اور بلاوز ہٹا کر جلد پر پڑے ہوئے گہرے گہرے داغ دکھائے۔ کالے اور بھورے۔ انھیں دیکھ کر میں کانپ اٹھا۔ شوبی بولی۔ اولاد سے تو باپ کی خوشبو پھوٹ کر نکلتی ہے۔ باپ کا خون اپنی اولاد کے لیے ابلتا کیوں نہیں مجھے اپنی مار کا غم نہیں ہے۔ لیکن میرا جی اس بات پر ہر دم کڑھتا رہتا ہے کہ منیش بیٹو کو کیوں مارتا ہے۔ وہ نہیں چاہتا کہ جس کمرے میں ہم سوئیں وہیں پر بیٹو بھی سوئے۔ لیکن بیٹو تو ایک لمحے کے لیے بھی مجھ سے الگ نہیں ہوتا۔ رات کو بھی میرے ہی ساتھ لپٹ کر سوتا ہے۔ منیش اسے اکثر میرے سینے سے نوچ کر الگ کر دینے کی کوشش کرتا ہے بیٹو زور زور سے چیخ اٹھتا ہے۔ باپ کا غصے سے لال بھبھوکا چہرہ دیکھ کر تھر تھر کانپنے لگتا ہے۔ کتنی بار رورو کر اس سے پوچھ چکا ہے۔" پاپا مجھے کیوں مارتے ہو۔ کیا تم میرے پاپا نہیں ہو۔"

اچانک وہ اٹھ کر کھڑی ہوگئی۔" اوہ کتنی دیر ہوگئی ہے۔ منیش دفتر سے آچکا ہوگا کہیں بیٹو بھی گھر نہ پہنچ گیا ہو۔ میں باپ بیٹے کو اکیلا نہیں چھوڑ سکتی۔ اس بات کو سوچتے ہی میری آتما پھڑپھڑانے لگتی ہے۔ یہ کہہ کر اس نے میز پر سے دوا کی پڑیا اٹھالیں۔ اور میرے سامنے پانچ کا نوٹ رکھ دیا۔ میں نے نوٹ اسے واپس کر دیا۔ بنا کسی تبصرے کے اس نے بھی پیسے دینے کے لیے ضد نہ کی اور وہ سر جھکا کر باہر چلی گئی۔

اس کے جانے کے بعد میں کتنی دیر تک گم سم بیٹھا رہ گیا۔ ایک پہاڑ کے نیچے دبا ہوا سا۔ شوبی کے دکھوں کا انت کیا ہوگا۔ کسی دن تنگ آکر وہ جان ہی نہ دے دے۔

مرد کسی لڑکی کو اپنے ماضی میں ایک بار محبت کی نظر سے دیکھ لیتا ہے تو پھر وہ اس کے دل سے کبھی دور نہیں ہوتی۔ پھر وہ جہاں بھی اس سے مل جاتی ہے۔ زندگی کے کسی بھی موڑ پر اس کی ہمدردی پھر سے حاصل کر لیتی ہے۔ اگر وہ مصیبت زدہ ہوتی ہے تو مرد اس کے لیے صرف ایک ہی حل سوچ سکتا ہے۔ وہ کسی بھی طرح اس کے آغوش میں چلی آئے جہاں وہ ہر مصیبت سے محفوظ ہو جائے گی۔ ایسا سوچنا اگرچہ غلط بھی ہوتا ہے۔ غیر منطقی بھی! لیکن مرد سوچتا اسی طرح سے ہی ہے۔

میں نے بھی اسی قسم کی کئی باتیں سوچیں۔ سوچ سوچ کر انھیں ناقابل عمل بھی قرار دے دیا اور اس الجھن سے نکلنے کے لیے پھر کوئی دوسرا حل تلاش کرنے لگا۔ آنکھیں بند کر کے اس طرح بیٹھے بیٹھے مجھے کافی دیر ہوگئی۔ وقت کے گذرنے کا احساس ہی نہ ہوا۔ اچانک میں نے آنکھیں کھولیں اور گھر جانے کے لیے اٹھا تو سامنے کرسی کے پیچھے ایک بچے کو کھڑا ہوا پایا۔ جو کیبن کی جالی میں سے مجھے گھور گھور کر دیکھ رہا تھا۔

وہ بیٹو تھا۔ ابھی تک گھر نہیں گیا تھا۔ نو بج رہے تھے۔ مین نے جلدی سے اس کے پاس جا کر پوچھا "بیٹو تم یہاں کیا کر رہے ہو۔ کب سے کھڑے ہو۔ گھر کیوں نہیں گئے۔ تمھاری ممی تو بہت دیر ہوئی گھر چلی بھی گئی۔

لیکن وہ میری باتوں سے ذرا بھی متاثر نہیں ہوا۔ کوئی جواب بھی نہ دیا۔ اسی طرح کرسی کی پشت کو اپنی ننھی ننھی انگلیوں سے پکڑے سر اٹھا کر مجھ گھورتا رہا لیکن اس کی آنکھوں میں گھر نہ جانے کا کوئی خوف نہیں تھا۔ اپنی ماں سے بچھڑنے کا بھی کوئی ملال نہیں تھا۔ وہاں تو بس ایک قسم کی بغاوت کی جھلک تھی۔ گھر واپس نہ جانے کی معصوم اور پیاری سی بغاوت۔

میں نے اسے اٹھا کر کرسی پر کھڑا کر دیا۔ اس طرح اس کا پورا چہرہ میرے

سامنے آگیا۔ ہم دونوں ایک دوسرے کی آنکھوں میں آنکھیں ڈال کر گھورنے لگے۔ اس کے سنہرے بال ماتھے پر جھک آئے تھے۔ اس کے گالوں ہاتھوں اور بوٹوں پر گرد جمی ہوئی تھی۔ اس کی نیکر کی جیبوں میں چھوٹے چھوٹے سنگریزے بھرے ہوئے تھے۔ انھیں میں نے نکلوا کر باہر پھینک دیا۔ اس کے گالوں کو پیار سے تھپتھپا کر کہا" اگر پتھر بھرو گے تو جیبیں پھٹ نہیں جائیں گی۔

وہ بڑا اعتماد سے میری طرف دیکھنے لگا۔ لیکن بولا کچھ نہیں۔ میں نے تولیے سے اس کا ہاتھ منہ پونچھ دیا اور بغل کے اسٹور سے اس کے لیے بسکٹ لینے چلا گیا واپس آیا تو اسے میز پر چڑھ کر اسٹیتھیسکوپ کو گلے میں ڈال کر اسی سے کھیلتے ہوئے پایا۔ میرے ہاتھوں میں بسکٹ دیکھ کر فوراً ہاتھ بڑھا دیا۔

میں نے اس سے پوچھا۔" بیٹو گھر جاؤ گے۔ ممی کے پاس"

اس نے کوئی جواب نہ دیا۔ مزے سے کچر کچر بسکٹ کھاتا رہا۔

یہ سوچ کر میں پریشان ہونے لگا کہ شوی اس کے بغیر گھبرا رہی ہوگی۔ مینش تو غالباً خوش ہی ہو گا کہ ناجائز اولاد سے اس کی اپنے آپ ہی گلو خلاصی ہوگئی۔

مجھے ان کا گھر معلوم نہیں تھا۔ بیٹو سے پھر کہا۔" چلو بیٹو"، اب گھر چلیں اپنا گھر ڈھونڈ لوگے نا۔

میرے اصرار پر پہلی بار بیٹو کی آنکھوں میں خوف کی جھلک دکھائی دی۔ گھر جانے کے ذکر سے ہی وہ چونک گیا۔ لیکن اسے گھر پہونچانا ضروری تھا۔ میں اسے پچکار کر باہر لے گیا۔ کلینک بند کر دیا اسے اپنے اسکوٹر پر کھڑا کر کے کہا" تم کتنے اچھے ہو بیٹو۔ مجھے اپنا گھر دکھاؤ گے نا۔ میں تمھارے گھر جاؤں گا۔ تمہاری ممی سے ملوں گا۔ تمہاری ممی کتنی اچھی ہے۔ تمھیں دیکھ کر کتنی خوش ہوگی۔ اپنے بیٹو کو دیکھ کر گلے سے لگائے گی کہے گی،" آیا میرا پیارا بیٹو آگیا۔ میرا بیٹو آگیا۔ لو اب ہم تمھارے گھر چل رہے ہیں۔

چلیں نا۔

لیکن ٹیٹو نے کوئی جواب نہ دیا۔ گھر جانے کی بات سن کر اس کی آنکھوں میں ایک قسم کی خفگی پیدا ہو جاتی تھی فطری معصوم خفگی جس کے سامنے میں نے خود کو نادم بھی محسوس کیا۔ جیسے اس کے گھر لے جا کر میں اس کے ساتھ بے وفائی کر رہا ہوں۔ مجھے ایسا ہرگز نہیں کرنا چاہیے۔ اس احساس سے مجھے بڑا دھکا لگا۔ لیکن میں اور کر بھی کیا سکتا تھا۔

سکوٹر اسٹارٹ کر کے میں اسے سامنے کی گلی میں لے گیا۔ گلی بہت دور تک گئی ہوئی تھی۔ دونوں طرف مکانات تھے جن میں سے روشنی چھن چھن کر آ رہی تھی۔ شوی نے کہا تھا ان کا گھر بہت دور نہیں ہے بیس تیس گز کے ہی فاصلے پر ہے۔ اندازے بیس تیس گز جا کر میں نے اِدھر اُدھر دیکھا۔ لیکن کسی بھی ایسے مکان کے بارے میں یقین نہ ہو سکا کہ شوی اور منیش اسی میں رہتے ہوں گے۔ ٹیٹو سے پھر پوچھا لیکن اس نے تو چپ سادھ رکھی تھی۔

گلی کے دو چکر لگائے۔ ایک مکان کے دروازے پر دستک بھی دے دی۔ لیکن کوئی خاطر خواہ جواب نہ ملا۔ راستے میں دو آدمیوں سے بھی پوچھا لیکن وہاں منیش اگروال کو کوئی نہیں جانتا تھا۔ ایک صاحب جو اس گلی سے اچھی طرح واقف تھے بڑے ذوق سے بتانے لگے۔ اس گلی میں تو اس نام کا کوئی شخص نہیں رہتا ہے۔

میرے لیے ایک اور صدمہ تھا۔ حیرت میں مبتلا کر دینے والا۔ ٹیٹو کو میں کس کے حوالے کروں۔ اسے گھر لے جاؤں تب بھی شوی اور منیش کی تلاش کا مسئلہ ختم نہیں ہو جاتا ہے۔ شوی کو خود ہی میرے پاس پہلے آنا چاہیے تھا ٹیٹو کے بارے میں پوچھنا چاہیے تھا۔ میں نے پھر کلینک کی طرف اسکوٹر گھما دی۔ ممکن ہے وہ ابھی گئی ہو۔

اب ہم پھر کلینک میں تھے۔ ٹیٹو اور میں کلینک میں واپس آ کر ٹیٹو بہت خوش

نظر آیا۔ فرش پر ادھر اُدھر دوڑنے لگا۔ دواؤں سے بھری ہوئی شیشے کی الماریوں پر اپنے ننھے ننھے ہاتھ پھیرتا رہا۔ شیشے کے ساتھ اپنی ناک چپکا کر اپنے عکس کو گھورا۔ کبھی کبھی سر گھما کر میری جانب اس طرح دیکھا کہیں میں نے اپنا فیصلہ بدل تو نہیں لیا۔ اسے پھر گھر پہنچانے کے لیے باہر تو نہیں لے جاؤنگا۔

اچانک مجھے بھوک کا احساس ہوا۔ دس بج چکے تھے۔ بیٹو کی بھوک کا بھی خیال آیا لیکن میں نے اسے کافی بسکٹ کھلا دیا تھا۔ اس کے علاوہ وہ یہاں اس قدر خوش تھا کہ اسے شاید بھوک محسوس ہی نہیں ہو رہی تھی۔ اس کے لیے اور بھی بسکٹ رکھے ہوئے تھے۔

کیا بیٹو کو اب گھر لے جاؤں۔ پیچھے سے شوبی اسے تلاش کرتی ہوئی کسی بھی وقت آ سکتی تھی۔ اس نے اپنے پتی کو کتنا کوسا ہوگا۔ مجھے یقین تھا بیٹو کو غائب کر دینے کے لیے اسی کو ملزم ٹھہرایا ہوگا۔

میں بیٹو کے ساتھ ساتھ ٹہلنے لگا۔ کلینک کے اندر ہی مجھے اپنے ساتھ ٹہلتا دیکھ کر اس نے پہلے تو حیرانی دکھائی۔ پھر وہ مسکرا دیا۔ میں نے اس سے انگلی پکڑ لینے کے لیے کہا تو اس نے فوراً پکڑ لی اور ایک الماری کی طرف اشارہ کر کے پوچھا ۔" انکل اس میں کیا ہے ۔"

میں نے اسے بتایا ۔" اس میں دوا ہے ۔"

اس نے یہ اطلاع ایک عجیب سے احساس برتری کے ساتھ نکالی اور پھر ایک اور الماری کی طرف اشارہ کر کے پوچھا ۔" اس میں کیا ہے ۔"

" اس میں بھی دوا ہے "

اب وہ کچھ لمحوں تک خاموش رہا۔ کچھ سوچتا رہا۔ پھر پوچھنے لگا ۔ اب کوئی بیمار ہو جائے تو بھی دوا کھانے سے ٹھیک ہو جاتا ہے "

چلتے چلتے اس نے پھر ایک اور اشارہ کر دیا" یہ کیا ہے "

" یہ واش بین ہے ۔ جب ہاتھ منہ میلے ہو جاتے ہیں تو ٹونٹی کھول کر پانی سے دھولیتے ہیں ۔"

واش بین تک اس کا قد نہیں پہنچتا تھا وہ اس کے سامنے رک کر بولا۔ مجھے دکھایئے ۔"

میں نے اسے اٹھا کر واش بین دکھایا تو وہ کھلکھلا کر ہنس پڑا ۔ پھر میرے بازو سے اتر کر ننھے ننھے قدموں سے اِدھر اُدھر بھاگنے لگا ۔ اس کی خواہش ہوئی کہ میں بھی اس کے پیچھے پیچھے بھاگوں ۔ جب میں نے ویسا ہی کیا تو وہ بھاگ کر پارٹیشن کے پیچھے چلا گیا اور میرے پہنچنے سے پہلے ہی ایگزامینیشن ٹیبل پر چڑھ کر بیٹھ گیا نرم نرم گدے پر اپنی انگلیاں گھما کر بولا ۔" یہ کیا ہے "

یہ گدا ہے "اس پر لیٹتے ہیں ۔"

یہ سن کر اس نے مزید خوشی دکھائی اور بولا ۔" میں لیٹ جاؤں "

"لیٹ جاؤ "

وہ جلدی سے تکیئے پر سر رکھ کر لیٹ گیا ۔ پہلے تو دائیں بائیں کروٹیں بدلیں پھر چھت پر نظر جما کر بولا ۔" وہ پنکھا ہے ۔"

" ہاں چلتا ہے " میں نے ہاتھ بڑھا کر پنکھا آن کر دیا ۔ ہم دونوں ایک سی ہی خوشی سے سرشار ہو رہے تھے ۔ وہ میرے اچھے سلوک سے زیادہ سے زیادہ اعتماد حاصل کرتا جا رہا تھا ۔ میں نے اس کی بھوک کا احساس کر کے اسے بسکٹ لا دئے ۔

" لو کھالو بھوک لگی ہے نا "

اس نے مسکراتی ہوئی آنکھوں سے میری طرف دیکھتے ہوئے اثبات میں سر ہلا دیا ۔ اور میرے ہاتھ سے بسکٹوں کا ڈبہ لے لیا ۔ میں نے اپنے دونوں بازوؤں کے سہارے

اس پر قریب قریب جھک کر کہا ــــ" مجھے بھی بھوک لگی ہے۔ مجھے نہیں کھلاؤ گے"۔

اس نے میری طرف مشتبہ نظروں سے دیکھا۔ کہیں مذاق تو نہیں کر رہا ہوں۔ میں۔ جب میں نے دیر تک اپنا منہ کھلا رکھا تو اس نے ہنس کر ایک بسکٹ میرے منہ میں ٹھونس دیا۔ جلدی جلدی بسکٹ چبا کر میں نے ایک اور مانگا تو اس نے دوسرا بسکٹ دینے سے پہلے پوچھا" مجھے پاپا کے پاس تو نہیں لے جایئے گا"۔

اس کی آنکھوں میں پھر ایک خوف سا بھر گیا۔ میں نے ایک ہی لمحے کے اندر سوچ لیا۔ بچہ میرے پاس بھی رہ سکتا ہے۔ اس سے بتایا ــــ" نہیں کبھی نہیں لے جاؤں گا"

وہ خوش ہو اٹھا۔ اس نے بسکٹ میرے منہ میں دے دیا اور کہا" اب کھایئے نا"۔ میں نے جلدی جلدی بسکٹ چبا کر نگلا اور اس سے پوچھا" بیٹو تمھیں پاپا اچھے نہیں لگتے"۔

اس نے اُداس ہو کر جواب دیا ــــ" مجھے پیار نہیں کرتے"۔

"وہ پیار کریں تو جاؤ گے ان کے پاس"

وہ کوئی جواب نہ دے سکا۔ جیسے یقین ہی نہ کر سکا ہو کہ پاپا اس سے کبھی پیار بھی کرے گا۔

میں نے پھر پوچھا۔ اچھا ممی کے پاس تو جاؤ گے۔ لے چلوں" اس نے منہ میں بسکٹ بھرتے ہوئے کہا ــــ" ممی نے کہا تھا تم انکل کے پاس رہنا میں بھی آؤں گی۔

میں یکایک چونک کر سیدھا کھڑا ہو گیا۔ کیا تمھیں ممی نے یہاں بھیجا تھا۔ میرے پاس تمہیں ممی چھوڑ کر گئی تھی"۔

اس نے اوپر نیچے سر ہلاتے ہوئے کہا۔" ہاں۔ ممی مجھے دروازے کے پاس تھول کے نی گئی تھی۔

مجھے ایسی امید نہیں تھی شوی سے ۔ میں ایسا سوچ بھی نہیں سکتا تھا ۔ وہ مجھ سے کہہ بھی سکتی تھی ۔ میں تو اس کی ہر مشکل آسان کرنے کے لیے تیار تھا ۔ گو وہ چاہتی تو میں میٹو کو اپنا بیٹا بھی مان سکتا تھا ۔ محض اس کی مصیبت ختم کرنے کے لیے یہ سوچ سوچ کر حیران ہوتا رہا ۔ جب وہ خود ہی میٹو کو یہاں چھوڑ گئی ہے ۔ تو پریشان کیوں ہو رہی ہوگی ۔ اسے ڈھونڈتی ہوئی پھر یہاں کیوں آئے گی ۔ اب وہ کل ہی میٹو کو دیکھنے آئے گی ۔ میں نے ناحق اتنا سمے برباد کیا ۔ میٹو کو گھر ہی لے کر چلا گیا ہوتا ۔ اس وقت تک وہ وہاں مزے سے سو رہا ہوتا ۔

اب میں فوراً ہی میٹو کو گھر لے جانے کے لیے تیار ہو اٹھا ۔ جلدی سے اندر گیا تاکہ اسے اٹھا کر باہر لے جاؤں ۔ لیکن وہ تو گہری نیند میں تھا ۔ بسکٹوں کا ڈبہ دونوں ہاتھوں میں مضبوطی سے پکڑے ہوئے نیند میں بھی وہ بہت پیارا لگا ۔ میں نے اس کے ماتھے پر گرے ہوئے بال پیچھے کو ہٹائے اور فیصلہ کر لیا کہ اب وہ رات بھر یہیں سوئے گا اور میں بھی دوسری میز کو خالی کر کے لیٹ رہوں گا ۔

جب میں اسکوٹر کو اندر لے آنے کے لیے باہر نکلا تو اندھیرے میں اچانک دو پرچھائیاں میرے سامنے ابھریں ۔ آگے پیچھے چلتی ہوئی میرے پاس آ کر رک گئیں ۔ ان میں سے ایک نے گھبرائی ہوئی آواز میں پوچھا ——— کیا آپ ڈاکٹر سکینہ ہیں ۔ میرا بچہ آپ ہی کے پاس ہے ۔

میں نے اس کی آواز پہچان لی ۔ وہ منیش تھا ۔ جب اسے کلینک کے اندر روشنی میں لے آیا تو اسے دیکھ کر حیران رہ گیا ۔ وہ کتنا بدل چکا تھا ۔ ادھیڑ مرجھایا ہوا کھچڑی بال اس نے بھی مجھے حیران ہو کر دیکھا ۔ ہم نے ایک دوسرے کو بے اختیار لپٹا لیا لیکن وہ ایک ہی لمحے کے بعد میرے بازوں میں سے نکل کر پارٹیشن کے پیچھے چلا گیا ۔ میٹو کو ایک نظر فوراً دیکھ لینے کے لیے ———

تب تک شوی بھی اندر آگئی ۔ اس نے بہت دھیرے سے مسکرا کر بتایا۔ "آج منیش بہت تڑپا ہے۔ جب بالکل بے قابو ہونے لگا تب ہی میں اسے یہاں لے کر آگئی "۔

اس کی آنکھوں میں فتحمندی کی مسرت تھی لیکن وہ بھی میرے پاس زیادہ دیر تک نہ رکی۔ منیش کے پیچھے پیچھے اندر چلی گئی ۔ باپ بیٹے کی ملاقات کا تماشہ دیکھنے کے لیے ۔

منیش اتنی جلدی بدل جائے گا ۔ مجھے یقین نہ تھا۔ میں بھی اندر چلا گیا۔ وہ سچ مچ بیٹو کو سینے سے لگا کر بار بار پیار کر رہا تھا۔ اسے جگا رہا تھا۔ یہ کہہ کہہ کر " میں تمہارا پاپا ہوں۔ بیٹے۔ مجھے پہچانو آنکھیں تو کھولو ۔

قاضی عبدالستار

نازو

"چھن چھن"

آواز نے کانوں کو چُور چُور کر دیا۔ جیسے اُس کے سامنے اُس کی نازو نے سُرخ چوڑیوں سے بھرے ہوئے دونوں ہاتھ دہلیز پر پٹخ دئے ہوں۔ دونوں سفید تندرست کلائیاں خون کی چھوٹی چھوٹی مہین مہین لکیروں سے لالوں لال ہوگئیں۔ کتنی شدت سے جی چاہا تھا کہ اس جیتے جاگتے خون پر اپنے ہونٹ رکھ دوں آج پھر اُس کی زبان نمکین ہوگئی۔ آنکھیں چیخ پڑیں۔ دونوں زخمی کلائیاں دو بچوں کی لاشوں کی طرح اُس کے پہلو میں جھُول رہی تھیں۔ آنکھوں سے آنسو اُبل رہے تھے۔ دھاروں دھار۔ ہونٹ کانپ رہے تھے۔ عذابوں کی بد دعائیں دے رہے تھے۔ اُسے یقین نہ آرہا تھا کہ یہ وہی عورت ہے اس کی وہی بیوی ہے، جس کی بے مزہ قربت کی چکی میں سیکڑوں راتیں پِس کر نابود ہوگئیں۔ طلاق کی چلمن کے پیچھے سے وہ کتنی پُراسرار اور زرنگار لگ رہی تھی۔

ٹریکٹر پھر چلنے لگا۔ تھوڑا سا کھیت باقی رہ گیا تھا۔ گیہوں کی پُوری فصل کٹی پڑی تھی۔ کہیں بڑے بڑے انبار لگے تھے۔ کہیں چھوٹے چھوٹے ڈھیر۔ جیسے بیتے ہوئے سال اور مہینے۔ انھوں نے ایک چھوٹے سے ڈھیر کو اپنی چھڑی سے اُلٹ دیا۔ سُنہرے تنکوں اور ڈنٹھلوں کے

ہجوم سے کچھ دانے نکل آئے۔ زندہ اور چمکدار۔ جیسے گزرے دنوں کے اَن گنت لمحوں کے بھوسے میں کچھ یادیں چمک رہی ہوں .... یادیں ہماری بوئی ہوئی اور کھوئی ہوئی فصلوں کے دانے۔ ابھی نہ دھوپ تیز ہوئی تھی اور نہ ہوا گرم۔ لیکن وہ اپنے ادھیڑ جسم کے ساتھ ٹیوب ویل کے پانی سے لبریز پختہ نالی کے کنارے کنارے چلتا ہوا ڈامر کی سڑک پر آ گیا۔ اب انجنوں کی آوازیں مُعَد اور دلکش ہونے لگی تھیں۔ سڑک کے دونوں طرف اسکولوں کی زرد عمارتوں میں امتحانوں کے پڑاؤ پڑے تھے اور شرارتوں کی ٹولیاں نہ جانے کہاں کھو گئی تھیں۔ بلاک کے دفتر پر بھیڑ لگی تھی۔ تقاوی اور بیاسے کے کاغذات بن رہے تھے۔ اب وہ بھیڑ سے ڈرنے لگا تھا۔ اُن کی بے ادب نظروں سے کچلے جانے کے خوف نے اُسے ایک گلی میں موڑ دیا، جو کھری اور شاداب آوازوں سے چھلک رہی تھی۔ شور مچاتے زیوروں اور بھڑک دار کپڑوں سے چمک رہی تھی اور ان سب میں شرابور ہوتا اپنے مکان تک گیا جو اُس کے آبائی مکان کا ایک حصّہ تھا۔ دُوسرے حصّوں میں ہسپتال، ڈاکخانہ اور گورنمنٹ اسٹور تھا۔ اُس نے دروازے پر ہلکی سی تھپکی دی کہ ہسپتال میں انتظار کرتے مریضوں میں سے کوئی جان پہچان والا وقت گزارنے اُس کے پاس نہ آجائے۔

پُورا گھر جیسے بھونسلے رنگ میں رنگا ہوا تھا۔ اُس نے لانبے پتلے کمرے میں داخل ہو کر پنکھے کا سوئچ آن کیا جو وہاں اجنبی لگ رہا تھا۔ دروازے پر کسی نے آواز دی۔

"مہر دیں۔"

اور جب ناز و طلاق کے کفن میں لپٹی ہوئی زخمی کلائیوں سمیت ہمیشہ ہمیشہ کے واسطے رُخصت ہونے کے لیے اڈّے میں سوار ہوئی تو وہ لڑکھڑاتے ہوئے اُس کے قریب گیا۔

"میں تمہارا مہر تمہارے بھائی کو ادا کر دوں گا۔"

جواب ملا۔

"وہ اپنی ہونے والی کو میری طرف سے منہ دکھائی میں دے دیجئے گا۔" ایک سنّاٹا سا چھا گیا۔ وجود کے اندر سے باہر تک سب کچھ سنسان ہو گیا۔ نئی دولھن کے خواب میں ہال تو اسی وقت

پڑ گیا تھا جب اُس نے نازو کو آنسوؤں میں نہاتے ہوئے دیکھا تھا۔ اس جملے سے تو چٹخ گیا تھا اور جب اُس کی اچانک موت کی اطلاع آئی تو ٹکڑے ٹکڑے ہو گیا۔

آج پھر دونوں ہاتھوں میں منہ چھپا لیا۔ نازو کے جہیز کی اُونچی مسہری کے تکیے کا سہارا لے کر بیٹھ گیا کہ کہیں گر نہ پڑوں اور جب ہاتھ ہٹایا تو بائیں کان کا دُر دامن میں پڑا تھا۔ سونے کے دُر میں بیضاوی موتی دمک رہا تھا۔ وہ اسے دیکھتا رہا۔ اور داہنا ہاتھ ہمیشہ کی طرح داہنے کان پر لرزتا رہا۔ اس لَو میں بھی سوراخ تھا، اور اس میں بھی بائیں کان کی طرح دُر چمکا کرتا تھا۔ جس رات وہ کھو یا گیا۔ کان کی لَو کا سوراخ دل میں منتقل ہو گیا۔ ماں نے منّت کے دُر اس لیے پہنائے تھے کہ بیٹے جیتے نہ تھے۔ بچپن لڑکیوں کی طرح برتا گیا۔ دوپٹے اُڑھائے گئے۔ گھروندے بنائے گئے' ہنڈکلیاں بنائی گئیں۔ گڑیوں کی شادیاں رچائی گئیں۔ اور سب کچھ تو بھول گیا، چھوٹ گیا لیکن کانوں کے دُر شخصیت کا حصّہ بن گئے۔ خد و خال کی طرح وجود میں شامل ہو گئے۔ وہ نوجوانی میں بھی شوق سے پہنتا رہا۔ پھر دروازے پر شور سا مچ گیا۔ باورچی خانے سے بوڑھی عورت نے کوّے کی طرح کون کون کی رَٹ لگا دی .... وہ اطمینان سے سوچنے کے لیے خود باہر نکلا۔ دروازے پر مندر کھڑی تھی۔ ادھیڑ عمر کی گوری چٹی مندر! جس کی جوان رانوں میں اُنھوں نے اپنے بوسوں کے چراغ جلائے تھے۔

"کیا ہے؟"

"میاں! آج برات آئے رہی ہے آپ کی بیٹوا کی"

"ہاں ہاں پھر"

"سب انتجام آپ کے ری دعا سے پکّا ہے ... مُل مسندنائیں مل رہی ہے"

مسند ہے تو ... لیکن معلوم نہیں کہاں ہے۔ جب وہ گئیں نہ ضرورت پڑی نہ تلاش کی گئی۔ تم باہر سے کسی کو بھیجو میں ڈھونڈھوا دوں" مندر کے جانے کے بعد اُس کے تصور نے فراغت کا سانس لیا۔

برناپور کی شادی تھی، اور اُس کی نوجوانی۔ باپ کی موت کے بعد پہلی بار کسی تقریب میں

حرکت کو نکلا تھا۔ آدھی رات کو کھانا ہوا۔ اور پچھلا رسے دولھا اندر آیا۔ تلچوری چلی اور ہنگامہ ہوا۔ بوڑھی بوڑھی کٹکھنی عورتیں جو بولتے جلووں پر بھی کاڑھے بیٹھی تھیں ایک ہی ریلے میں بہ گئی۔ روشنیاں جو دن رہے سے جل رہی تھیں۔ اب سونے لگی تھیں۔ یہاں سے وہاں تک پھیلی ہوئی عمارت کے کئی حصّے تاریک ہو چکے تھے۔ وہ کوئی چیز لینے اپنے کمرے میں آیا جو اندرونی اور بیرونی عمارتوں کے درمیان دوہرے دالانوں میں چھپا کھڑا تھا۔ وہ دیا سلائی کی روشنی میں لیمپ ڈھونڈھ رہا تھا کہ اندرونی عمارت کی صحنچی میں ایک چہرہ چمک اُٹھا اور اس طرح کہ دیا سلائی نے اُسے جلا دیا۔ وہ اتنا روشن تھا کہ اگر تھوڑا سا اور قریب آجاتا تو اُس کے اپنے کمرے میں روشنی کی ضرورت نہ رہتی۔ وہ اسی طرف دیکھ رہی تھی۔ وہ جیسے جادو کے زور سے کھنچا ہوا چلا۔ گھاس کے تختوں پر ڈھیر سامان سے بچتا ہوا صحنچی کے سامنے دالان کی سیڑھیوں پر پہنچ گیا۔

"میاں سامنے والی کوٹھری میں تو مسند ہے نہیں۔ کاجی جی صاحب کا بڑا بکس کھولیں؟"

"ہاں۔"

صحنچی اس کے نُور سے سنگِ مرمر کی بن گئی تھی ..... سانس پھولنے لگا۔ پہلوؤں میں درد کے نشتر اُتر گئے۔ اربی با نجامے کی چوڑیاں پسینے سے بھر گئیں کہ ایک آواز طلوع ہوئی۔

"آپ"

اور جیسے ہی وہ آگے بڑھا۔ روشنی نُور اور رنگ کا ایک پیکر، ایک ہیولیٰ اس سے ٹکرا گیا، اُس پر بکھر گیا۔ داہنے کان پر کنول کا تازہ پھول لرز گیا، اور اس کا کان اُس کے سینے کی طرح خالی ہو گیا اور وہ ایک چھلاوے کی طرح اُس کی باہنوں سے نکل گئی اور جب وہ جاگتی آنکھوں کے خواب سے بیدار ہوا تو کمرے میں سپاہی لیمپ جل چکا تھا۔

"میاں آپ کے داہنے کان کا دُر۔"

پھر بہت سی روشنیاں صحنچی دالان اور صحن میں دُر ڈھونڈھتی پھریں اور بہت دنوں بعد کسی بنتِ غم نے اسکے حال پر ترس کھا کر بتلا دیا کہ دیبی پور کی بٹیا نانند سے بیاہ کر لیا۔ لیکن دیبی پور

کی بٹیا نازو نے دولھن بن کر ساری ساری تفتیش کے جواب میں صرف اتنا کہا کہ میں نے تو وہ ضمنی دیکھی بھی نہیں، اور اسی گھڑی نازو اس کی نگاہ سے گر گئی۔ خواب جتنا سنگین ہوتا گیا۔ زندہ موجود اور معصوم نازو کی حقیقت اتنی ہی پگھلتی چلی گئی۔ یہاں تک کہ آسودگی اور فراغت سے خواب دیکھنے کی آرزو اور تعبیر کو دوبارہ پالینے کی جستجو میں نازو کو طلاق دیدی گئی۔

"میاں! بکس کھل گیا۔"

میاں چونک کر اُٹھے اور خواب میں چلنے لگے۔ لکڑی کا بڑا سا مٹیالا بکس کھلا پڑا تھا۔

"اسے کیوں کھول دیا کم بختو؟"

"جی؟"

اب کھول ڈالا ہے تو ڈھونڈھو۔

جازم پردے، توشک، لحاف، رضائیاں اور دوشالے نکل نکل کر پھیل گئے، مگر سند نہ ملی۔ پھر ایک چھوٹا سا صندوقچہ نکلا جس میں بڑا سا تالا پڑا تھا۔ سامان رکھوا کر وہ اپنے کمرے میں آگئے۔ صندوقچہ کھولا تو چاندی کے چھوٹے چھوٹے زیور کھنکنا کر جاگ اُٹھے۔ گڑیوں کے ننھے منے کپڑے جگر جگر کرنے لگے۔ سونے کی ٹوٹی ہوئی بالیاں ملیں، جن میں ایک سیس پھول پھنسا ہوا تھا معلوم نہیں کتنے دنوں بعد وہ پہلی بار تنہائی میں مُسکرایا۔ نازو اور حسین اور قاتل ہوگئی۔ پھر چور خانے سے سونے کا ایک دُر برآمد ہوا۔ جس میں بیضوی موتی پڑا تھا۔ ہاتھ کانپنے لگے۔ آنکھوں کے نیچے اندھیرا چھا گیا۔ وہ اگر کھڑے ہوتے تو گر پڑتے۔ سنبھل کر بیٹھے تو ہاتھ نے کان سے دُر کھینچ لیا، اور اس طرح کہ سارے میں ننھے ننھے خون کے نگینے جُڑ گئے۔ وہ دانوں کو ایک ہتھیلی پر رکھے دیکھتے رہے۔ دیکھتے رہے یہاں تک کہ سُن ہو گئے۔

سریندر پرکاش

مُردہ آدمی کی تصویر

وہ مجھے جس کمرے میں بٹھا کر چلی گئی تھی، اس کی کارنس پر ایک تصویر رکھی تھی۔ کارنس پر صرف تصویر ہی نہ تھی ایک پُرانا طلائی ٹائم پیس تھا جو پرندوں کے پنجرے کی شکل کا تھا۔ اندر ڈائیل تھا۔ جس پر رومن میں ایک سے بارہ تک کے ہندسے لکھے تھے اور سنہری رنگ کی دو سوئیاں تھیں جو بڑی سُست رفتاری سے حرکت کرتی ہوئی دکھائی دیتی تھیں۔ اُس پنجرے نما ٹائم پیس کے گِرد ایک چھوٹی سی سُنہری چڑیا آہستہ آہستہ دائرے میں چلتی ہوئی دکھائی دیتی۔ جس کے آگے سفید موتی تھے جب وہ آگے بڑھ کر ایک موتی پر اپنی چونچ مارتی تو موتی غائب ہو جاتا اور کرڈک کی آواز آتی۔ حتّٰی کہ ساٹھ بار "کرڈک" کی آواز آتی اور چڑیا اپنے محور کے گرد اپنا چکّر پورا کر کے پھر اپنی اصلی جگہ پر پہونچ جاتی۔ ڈائیل پر بنی بڑی سوئی ایک منٹ اور آگے بڑھ جاتی اور چڑیا اپنا سفر پھر سے شروع کر دیتی۔ "کرڈک، کرڈک، کرڈک۔

کارنس کے دوسرے کونے پر ایک چاندی کا گُل دان رکھا تھا۔ جس میں مور کے کچھ پنکھ سجے ہوئے تھے۔ جب ہوا کا کوئی بھولا بھٹکا جھونکا کمرے میں آ داخل ہوتا تو مور کے پنکھ یوں ہلنے لگتے جیسے جنگل میں مور ناچ اُٹھا ہو۔

اِن کے علاوہ کچھ کرسمس اور کچھ نئے سال کے گریٹنگ کارڈ رکھے تھے جن پر بھیجنے والوں

کی نیک خواہشات چھپی ہوئی تھیں۔

تصویر والا آدمی مجھے برابر گھورے جا رہا تھا۔ وہ اندر گئی تھی۔ شاید میرے لیے (اگر گرمی کا موسم ہے تو کچھ ٹھنڈا اور اگر سردی کا موسم ہے تو کوئی گرم) مشروب لینے کے لیے۔ میں وہاں چپ چاپ بیٹھ گیا۔ اور کمرے کی ایک ایک چیز کو دیکھنے لگا۔ سب طرف سے تھک کر نظر پھر اُس تصویر پر آکر رُک جاتی اور تصویر والا آدمی پہلے سے زیادہ شدت سے مجھے گھورنے لگتا۔

ایکا ایکی مجھے احساس ہوا کہ تصویر والا یہ آدمی جس کی آنکھیں بڑی بڑی اور چمکدار تھیں، کشادہ پیشانی ذہانت کی غمازی کرتی تھی، موٹے موٹے ہونٹ اور ٹھوڑی کا گہرا گڑھا اُس کی مضبوط قوتِ ارادی کا ضامن تھا، زندہ نہیں بلکہ مر چکا ہے۔

"ہاں، تم نے یہ ٹھیک سوچا ہے یہ واقعی مر چکا ہے!"

میں نے پلٹ کر آواز کی طرف دیکھا۔ وہ اندر سے ایک ٹرے میں چینی مٹی کے کچھ برتن رکھے کمرے میں داخل ہو رہی تھی۔ اس کے چہرے پر کوئی تاثر نہ تھا اور میرے قریب آکر بولی۔

"یہ میرے خاوند کی تصویر ہے، عرصہ ہوا اُس کی موت ہو چکی ہے۔"

مَیں نے کہا "عجیب بات ہے، تصویر دیکھنے سے میں کیوں کر اندازہ لگا لیتا ہوں کہ آدمی مُردہ ہے یا زندہ۔ !یہ پہلا موقع نہیں ہے۔ زندگی میں اس سے پہلے بھی اس قسم کے دو ایک واقعات میرے ساتھ پیش آچکے ہیں۔"

وہ ہنسی اور اپنے ہاتھ میں پکڑی ہوئی ٹرے اُس نے میرے سامنے پڑی میز پر رکھ دی۔ پھر پلیٹ لے کر اندر جاتے ہوئے کہنے لگی۔ "خیال رکھنا یہاں سے رہائی مشکل ہے۔ یہ ساتواں آسمان ہے اور خلا میں لڑھک گئے تو کہیں کے نہ رہیں گے!"

مَیں دم بخود سا اُسے اندر جاتے دیکھتا رہا۔ اُس نے دروازے کا پردہ اپنے دائیں ہاتھ سے اُٹھایا اور پھر اس کے اندر داخل ہو گئی۔

کچھ دیر تو میں اِدھر اُدھر تاک جھانک کرتا رہا۔ پھر میں اپنے آگے رکھے کھانے کے برتنوں

کی طرف متوجہ ہوا۔ ایک تو مجھے یہ خواہش تھی کہ خورد و نوش کے سامان سے یہ پتہ چل جائے گا کہ موسم کونسا چل رہا ہے۔

مگر میری حیرت کی انتہا نہ رہی۔ جب مَیں نے دیکھا کہ میرے آگے رکھے ہوئے تمام برتن بالکل خالی ہیں۔ مَیں جھنجھلا کر رہ گیا۔ کتنی بدقسمتی ہے کہ مَیں صورتِ حال سے واقف بھی نہیں کروایا جارہا ہوں اور یہ کہہ کر یہاں بٹھا دیا گیا ہوں کہ "یہ ساتواں آسمان ہے اور باہر بالکل خلا ہے۔"

مَیں نے چاہا کہ اس کا نام لے کر پکاروں مگر مجھے تو اس کا نام بھی معلوم نہیں تھا۔ آواز میرے حلق تک آکر رک گئی۔ مَیں بے بسی کے عالم میں اپنی سیٹ پر سے اُٹھ کھڑا ہوا۔ اچانک میری نظر کارنس پر رکھی ہوئی تصویر پر پڑی۔ تصویر والا مرا ہوا آدمی اب ہلکا سا مسکرا رہا تھا۔

میری جھلاہٹ اور بڑھی اور مَیں غیر ارادی طور پر پکار اٹھا۔" اے بے نام عورت!"

جواب میں اندر سے اس کے قہقہوں کی آواز سنائی دی۔ اور پھر لوری گانے کی آواز جیسے وہ کسی بچے کو سلانے کی کوشش کر رہی ہو۔

کمرے کی دونوں دیواریں جس کونے میں ملتی تھیں اس جوڑ میں شہد کی مکھیوں کا ایک چھوٹا سا چھتہ تھا۔ دو تین شہد کی مکھیاں اس پر بھنبھنا رہی تھیں۔ اس قدر خاموشی تھی کہ اُن کی بھنبھناہٹ بڑی واضح طور پر سنائی دے رہی تھی۔ کچھ دیر تک میں اُن کا بھنبھنانا سنتا رہا اور اُن کی پرواز کا تماشہ دیکھتا رہا۔

اندر سے آنے والی لوری کی آواز آہستہ آہستہ مکھیوں کی بھنبھناہٹ میں دب گئی ـــــ خالی برتن میری طرف ہٹر ہٹر دیکھتے ہوئے محسوس ہونے لگے۔ میں نے سوچا اندر جاکر خود ہی بات کرلیتا ہوں۔ ان تکلفات میں تو زندگی اجیرن ہو جائے گی۔

مَیں نے آگے بڑھ کر پردہ ایک طرف سرکایا تو دیکھا کہ وہ ایک سونے کا کمرہ تھا۔ سامنے والی دیوار کے ساتھ ایک بڑا سا پلنگ لگا ہوا تھا اور باقی دیواروں کے ساتھ بچوں کے چھوٹے، چھوٹے پالنے رکھتے تھے۔ ہر پالنے میں بچے سو رہے تھے جن کے صرف چہرے ہی دکھائی

دیتے تھے۔ باقی جسم ڈھانپ رکھے تھے۔

مَیں آہستہ آہستہ چلتا ہوا اُن پالنوں کے پاس گیا۔ وہ تعداد میں پانچ تھے، اور پانچوں میں ایک ہی شکل اور عمر کے بچّے سو رہے تھے۔ بچّے بڑے پیارے اور خوبصورت تھے۔ میرے دِل میں اُن کے لیے اچانک پیار نے انگڑائی لی اور مَیں نے اپنا سر جھکا کر ایک بچّے کی پیشانی پر بوسہ دیا۔ مگر مَیں جھٹ پیچھے ہٹ گیا کیوں کہ وہ اصلی بچّہ نہ تھا بلکہ مٹّی کا بنا ہوا بچّہ کا مجسمہ تھا۔ پھر مَیں نے دُوسرے پالنوں کی طرف دھیان دیا، وہاں بھی مٹّی کے مجسمے تھے۔

"سوتے ہوئے بچّے کو پیار نہیں کرتے!" ایک طرف سے اس عورت کی آواز آئی۔ مَیں نے پلٹ کر دیکھا۔ وہ سامنے ایک دروازے میں کھڑی تھی۔ دایاں ہاتھ دروازے کی چوکھٹ سے ٹکا رکھا تھا۔ ساڑھی کس کر لپیٹی ہوئی تھی، اور اُس کا پلّو نیفے میں اُڑس رکھا تھا۔ اس کے دونوں ہاتھ راکھ سے سَنے ہوئے تھے، جیسے وہ برتن مانجھتے مانجھتے یہاں آکر کھڑی ہوگئی ہو۔

مَیں نے اُس کے قریب پہونچ کر اُسے اطلاع دینے کے سے انداز میں کہا: "وہ برتن جو تم رکھ آئی تھیں ـــــ بالکل خالی ہیں!"

اُس نے سُنی اَن سُنی کرتے ہوئے اندر جاتے ہوئے جواب دیا: "ابھی اُنہیں بھی صاف کردیتی ہوں!"

مَیں نے ذرا بلند آواز میں پھر کہا: "سُنو تو یہ بچّے نہیں مٹّی کے مجسمے ہیں!"

اُس نے بدستور جاتے ہوئے جواب دیا: "مجھے معلوم ہے۔ مَیں نے اُنھیں خود سُلایا تھا۔"

وہ اندر چلی گئی، اور میں کافی دیر تک وہاں کھڑا خلاء میں گھورتا رہا۔ پھر لوٹ کر اُسی کمرے میں آگیا، جس میں پہلے تھا۔ اب وہاں برتن بھی موجود نہ تھے۔

مَیں دَھم سے صوفے پر آگرا، اور اپنے ہاتھ مَلتا ہوا کافی دیر تک بیٹھا رہا۔ مجھے وقت کا بالکل اندازہ نہ ہوا تھا کہ کب تک بے مقصد بیٹھا بور ہوتا رہا۔ پھر وہ اندر والے کمرے سے نکل کر میرے پاس آئی اور کہنے لگی ـــــ "آؤ چلیں کافی رات ہوگئی ہے!"

مَیں نے سر اُٹھا کر نیند میں ڈوبی ہوئی آنکھوں سے دیکھا، وہ اپنا لباس تبدیل کرکے اور خوب بناؤ سنگار کرکے آئی تھی۔ اس کے چہرے پر میرے لیے محبت اور مسکراہٹ پھیلی ہوئی تھی۔

مَیں اُٹھ کر اُس کی طرف بڑھا۔ پھر اچانک پلٹ کر دیکھا۔ تصویر والا مرا ہوا آدمی ہم دونوں کو بڑے غور سے دیکھ رہا تھا اور اُس کی پیشانی پر کچھ شکنیں اُبھر آئی تھیں۔ مَیں ذرا ٹھٹکا۔

میرے ٹھٹکنے سے اس نے بھی پلٹ کر تصویر کی طرف دیکھا اور بولی "کیا تم میرے مرد سے ملنا چاہتے ہو؟"

"مگر یہ کیسے ہو سکتا ہے؟ وہ تو مر چکا ہے!" مَیں نے حیرانی سے کہا۔

"پھر کیا ہوا۔!" اُس نے جواب دیا۔ اور میری کلائی اپنے ہاتھ میں تھام کر مجھے باہر لے گئی ــ مکان کا برآمدہ عبور کرکے ہم گلی میں آگئے۔ سب گھروں میں خاموشی تھی اور مکمل اندھیرا۔ آہستہ آہستہ گلی میں چلتے ہوئے ہم بڑی سڑک پر پہونچ گئے۔

"تم نے کہا تھا نہ کہ یہ ساتواں آسمان ہے!" مَیں نے سوال کیا۔

"ہاں! اُس نے مختصر سا جواب دیا۔

"مگر یہ تو شہر ہے اور یہاں مکان ہیں، اور سڑکیں ہیں اور سڑکوں کے کنارے بجلی کے کھمبے لگے ہوئے ہیں، اور اُن پر قمقمے روشن ہیں جو ہمیں تاریکی میں راستہ سجھاتے ہیں!"

اُس نے ایک زوردار قہقہہ لگایا اور کہنے لگی۔ "بدھو کیا اتنا بھی نہیں جانتے کہ آسمان کوئی چیز نہیں ہوتی صرف خلاء ہوتا ہے۔ اور ہم اُسے اپنی سہولت کے مطابق نام اور نمبر دے دیتے ہیں!"

مَیں بہت پشیمان ہوا کہ میں زندگی بھر سہولت کے مطابق کسی چیز کو اپنی طرف سے نام نہ دے سکا۔

وہ پھر بولی۔" ہمارے کچھ سماجی مسائل ہیں۔ تمھیں اُن کا علم ہے۔"

"نہیں!" میں نے جواب دیا۔ میں اُن سے واقف نہیں ہوں۔ کچھ عرصہ پہلے میں ایک لمبے سفر پر تھا۔ پھر میں پلٹ کر گھر آیا اور اپنی ذات کی چار دیواری میں قید ہو گیا۔ مجھے باہر کی کوئی بھنک نہیں پڑی۔ ایک دن نہ جانے کیسے پتہ چلا کہ ویتنام میں جنگ ہو رہی ہے۔ میں بہت پریشان ہوا۔ پھر میں نے نقشے پر دیکھا۔ ویتنام کہاں ہے؟ اور جب ویتنام مجھے نقشے میں مل گیا تو میں اس کی تلاش میں نکل پڑا۔

سمندر کے کنارے چلتا چلتا میں ایک دلدل خطۂ زمین تک پہنچ گیا۔ ایک چھوٹے سے بچے سے جو ایک پیڑ پر بیٹھا چاقو سے ٹہنی کاٹ کر غلیل بنا رہا تھا، میں نے پوچھا۔ کیا تم جانتے ہو، ویتنام کہاں ہے؟"

اُس نے اپنی پھٹی ہوئی قمیص کی جیب میں ہاتھ ڈالا اور اُس میں سے ایک چھوٹا سا کنکر نکال کر میری طرف اُچھال دیا۔ کنکر میرے ماتھے پر لگا۔ مجھے چوٹ لگی اور خون بہنے لگا۔ میں نے اپنی پیشانی پر اپنے ہاتھ کی اُنگلیوں سے سہلایا تو میری اُنگلیاں خون سے لتھڑ گئیں۔ اُس نے ایک زور دار قہقہہ لگایا اور پھر مجھ سے پُکار کر پوچھا۔ پتہ چل گیا ویتنام کہاں ہے؟"

پھر وہ درخت سے اُترا اور دھیرے دھیرے بھاگتا ہوا نظروں سے اوجھل ہو گیا۔ میرے ماتھے سے خون بہہ رہا تھا اور پیر دلدل میں دھنسے ہوئے تھے۔

وہ کافی دیر تک میرے چہرے پر دیکھتی رہی۔ پھر بولی بھوکے معلوم ہوتے ہو۔ آؤ ریستوران سے کچھ کھائیں۔!"

میں اس کے پیچھے پیچھے چل دیا۔ ریستوران پاس ہی تھا۔ ہم دونوں اس میں چلے گئے۔ کافی بڑا ہال تھا۔ کرسیوں اور میزوں کی دو قطاریں لگی ہوئی تھیں۔ درمیان میں آنے جانے کے لیے کشادہ راستہ تھا جس پر کارپٹ بچھا ہوا تھا۔ اُس پر کئی قسم کے جانور آہستہ آہستہ چلتے ہوئے کچن کی طرف جا رہے تھے۔ وہ سب اُداس تھے اور اُنھوں نے سر جھکائے تھے۔ وہ کہنے لگی۔

"ان میں سے اپنی پسند کا جانور چن لو اور اُس پر نشان لگا کر اپنی ٹیبل نمبر لکھ دو، وہ اندر جاکر ذبح ہو کر اور پک کر آجائے گا۔"

"مجھے تو سبھی جانور پسند ہیں۔ نشان دہی والا کام تم کرو۔ مجھے بس بھوک لگی ہے!" میں نے جواب دیا۔

پھر معلوم نہیں اُس نے کیسے کیا کیا۔ کہ بھُنے گوشت کی کئی پلیٹیں ہمارے سامنے سج گئیں۔ اور ہم دونوں اُن پر ٹوٹ پڑے۔

"ہاں تو میں تمھیں بتا رہی تھی نا کہ ہمارے کئی سماجی مسائل ہیں!" اُس نے نیپکن سے اپنے ہاتھ اور مونہہ پونچھتے ہوئے کہا۔

"ہاں! تم نے بتایا تھا!" میں نے ایک بڑی سی ہڈی خالی پلیٹ میں رکھتے ہوئے جواب دیا۔

"کیا تمھیں کبھی کسی سماجی مسئلے سے دوچار ہونا پڑا ہے؟" اُس نے سوال کیا۔

"شاید! مگر اب مجھے اچھی طرح یاد نہیں۔" میں نے جواب دیا۔

"تو ابھی تم ایک مسئلے سے نپٹنے کے لیے تیار ہو جاؤ!" اُس نے مسکراتے ہوئے شرارت سے کہا۔

"وہ کیا؟" میں نے پوچھا۔

جواب میں اُس نے میز پر چمچ بجا کر بیرے کو بُلایا۔ اور کہا۔ "بل لاؤ!"

تھوڑی دیر بعد مؤدب طریقے سے بیرا میرے پاس کھڑا ہو گیا۔ ایک چھوٹی سی طشتری میں اُس نے کاغذ کا ایک پُرزہ بھی تھام رکھا تھا اور اُس کا جھکاؤ میری طرف تھا۔

میں گڑبڑا سا گیا۔ میں نے گردن آگے بڑھا کر اُس کے کان میں آہستہ سے کہا۔ "تم جانتی ہو، جانور سر جھکائے اُداس اپنے آپ اندر جا رہے تھے۔ تم نے اُنھیں منتخب کیا اور وہ ذبح ہو کر اور پک کر ہماری میز پر آ گئے۔ اس میں میرا کیا قصور ہے؟ اور تمھیں یہ بھی معلوم ہے کہ جب میں تمھارے ساتھ چلا تھا تو میرے رشتہ داروں نے میری تمام جیبیں خالی کروالی تھیں!"

وہ آہستہ سے ہنسی اور پھر اُس نے اپنا وینٹی بیگ کھول کر اس میں سے کئی نوٹ نکالے اور

بیرے کی طشتری میں ڈال دیے۔

باہر نکلے تو رات کافی گہری ہو چکی تھی۔ سڑکوں پر قمقمے اپنی پوری آب و تاب سے روشن تھے۔ ہم دونوں آہستہ آہستہ چلے جا رہے تھے۔ ہمارے اِرد گِرد جو لوگ آ جا رہے تھے، اُن کے چہرے واضح طور پر دکھائی نہیں دے رہے تھے۔

کچھ دُور جا کر اُس نے کہا " ہاں تو میں نے کہا تھا نا کہ ہمارے کچھ سماجی مسائل ہیں!"

" ہاں۔ تم نے کہا تھا!" میں نے جواب دیا۔

" تو یہ چابی لو اور گھر جاؤ، میں صبح آجاؤں گی ۔ اور ہاں ذرا بچّوں کا خیال رکھنا۔ ایسا نہ ہو کہ بے چارے بھوک سے بلک بلک کر ہلکان ہو جائیں۔! اُس نے چابیوں کا گچھا میرے ہاتھ میں تھماتے ہوئے کہا۔

" مگر تم کہاں جا رہی ہو؟" میں نے چابی ہاتھ میں لے کر اور تمام ہدایتیں سمجھتے ہوئے پوچھا۔

" او، ہو تم سمجھتے کیوں نہیں ۔ یہ سماجی مسائل ہیں اور ہم انھیں نظر انداز نہیں کر سکتے۔" اُس نے کہا اور تیزی سے ایک طرف چل دی۔

مَیں کچھ دیر تو وہیں سڑک کے بیچ میں کھڑا رہا، پھر سر جھکائے کچھ مغموم سا گھر کی طرف چل دیا۔

گھر پہونچ کر بھی یہ سوچنے لگا کہ یہاں اکیلا کیسے پہنچ گیا؟

دروازہ کھول کر اندر داخل ہوا اور اسی کمرے میں جا کر بیٹھ گیا۔ تصویر والے مرے ہوئے آدمی نے مجھے مسکرا کر دیکھا۔ چاندی کے گلدان میں مور کے پنکھ ناچے اور سونے کی ننھی چڑیا نے ۴۵ ویں موتی پر جھپٹا مارا۔

میں گم صم اُن سب کو دیکھتا رہا۔ کچھ دیر بعد اندر والے کمرے سے بچّوں کے رونے کی آواز آئی۔ میں اُٹھ کر اندر گیا۔ پانچوں بچّے ننھی ننھی باہیں ہلاتے ہوئے رو رہے تھے اور دُودھ کے لیے اُن کی زبانیں ہونٹوں تک آ کر پھر اندر مونہہ میں چلی جاتی تھیں۔

میں بہت پریشان ہوا۔ اُنھیں چُپ کرانے کے لیے میں نے وہی لوری لگائی جو وہ بدنام عورت گایا کرتی تھی مگر وہ پھر بھی چُپ نہ ہوئے۔ آخر ہار کر میں نے اپنی قمیص کا پلّو پتلون میں سے باہر نکالا اور اُوپر اُٹھا کر چھاتی ننگی کر کے اُن کے پالنوں کے پاس بیٹھ گیا۔ وہ باری باری اُٹھ اُٹھ کر میری چھاتیوں سے دُودھ پیتے رہے اور پھر سو گئے۔

صبح سویرے، مونہہ اندھیرے وہ واپس آگئی۔ میں پالنوں کے پاس ہی فرش پر سویا ہوا تھا۔ اُس نے مجھے اُٹھایا اور پھر پاس ہی بچھے پلنگ پر بیٹھ گئی۔ مَیں نے دیکھا اس کے بال بے ترتیب ہو رہے تھے اور چہرے کے سنگار کا رنگ فق تھا۔

اُس نے اپنے وینٹی بیگ میں سے وہ تمام نوٹ نِکال کر گننے شروع کئے جو اُس نے رات ریستوران میں بِل چُکانے کے لیے دئے تھے۔

وہ کافی تھکی ہوئی لگ رہی تھی۔ اُس نے مجھ سے سگریٹ طلب کیا۔ مَیں نے سگریٹ نکال کر دیا۔ اور پھر ماچس جلا کر اُس کا سگریٹ سلگاتے ہوئے پوچھا۔

"یہ سماجی مسائل کیا حل ہو گئے؟"

"نہیں ابھی نہیں!" اُس نے جواب دیا۔ آؤ دوسرے کمرے میں چل کر اطمینان سے بیٹھ کر بات کرتے ہیں۔"

مَیں اُٹھ کر اُس کے پیچھے چل دیا اور ہم دُوسرے کمرے میں پہونچ گئے۔

"تم ذرا غور سے اب اس تصویر کو دیکھو اور بتاؤ کہ کیا واقعی میرا مرد مَر چُکا ہے۔" اُس نے اپنے خاوند کی تصویر کی طرف اشارہ کرتے ہوئے کہا۔

مَیں نے اُس مَرے ہوئے آدمی کی تصویر کی طرف غور سے دیکھا تو میری حیرانی کی انتہا نہ رہی کہ کارنس پر جو تصویر رکھی تھی۔ وہ میری ہی تھی۔ مَیں دَم بخود کبھی اُسے اور کبھی اُس تصویر کو دیکھ رہا تھا۔ میری سمجھ میں کچھ نہیں آرہا تھا۔

"کرڑک..... کرڑک" چڑیا بدستور موتی چُگ رہی تھی۔

"بتاؤ نا! یہ آدمی مرا ہوا ہے یا زندہ؟" اُس نے مجھ سے پھر سوال کیا۔ اور سگریٹ کا دُھواں میرے چہرے پر بکھیر دیا۔

مَیں عجیب جھنجھلاہٹ میں تھا۔ کوئی جواب بن نہیں پڑ رہا تھا۔ آخر نہ جانے کیسے میرے مونہہ سے آپ ہی آپ نکل گیا۔

"یہ آدمی مر چکا ہے۔!"

اُس نے میرا جواب سُنا اور کھلکھلا کر ہنستی ہوئی دُوسرے کمرے میں بھاگ گئی۔ جہاں اب بچّوں نے جاگ کر رونا شروع کر دیا تھا۔

کرشن چندر

متّی

ملزم کے خلاف الزام یہ ہے کہ اس نے ۲۹ جون کی رات میں گا بالین میں کھڑی چھ موٹروں کے ٹائر پھاڑ ڈالے۔

میں گا بالین کے نکڑ پر رہتا ہوں اور اوپر کی منزل کی کھڑکی میں کھڑا ہو کر دنیا کا تماشہ دیکھا کرتا ہوں۔ جب عمر ساٹھ برس سے اوپر ہو جائے تو پھر خود کچھ کرنے کو نہیں رہتا۔ پائجامے کے اوپر بنیان پہنے کھڑکی میں کھڑے ہو کر دھیرے دھیرے ہاتھ جھلاتے ہوئے گذرتی بہتی دُنیا کو دیکھنے میں مزا آتا ہے۔ نکڑ والے اس بنگلے کی مشرقی سڑک ایئر پورٹ کو جاتی ہے۔ مغربی سمت ایڈورڈ ایونیو کے بنگلے ہیں۔ جن کے آخر میں عیسائی راہباؤں کا کانونٹ ہے۔ نکڑ کے مخالف سمت یعنی گا بالین کے دوسرے سرے پر ایک بے حد بانکی چھریری خوجن اپنے شوہر اور تین بچوں کے ساتھ رہتی ہے۔ اور تین بچوں کے باوجود بے حد خوبصورت ہے۔ بال کٹے ہوئے ہیں لہرا کر چلتی ہے۔ جیسے وہ اپنے آپ کو عورت نہیں بادِ نسیم کا جھونکا سمجھتی ہو۔ پہلے تو وہ میری ناک جھانک سے بدکتی تھی مگر اب میرے اور اس کے درمیان ایک خاموش مفاہمت سی پیدا ہو گئی ہے۔ وہ میری کھڑکی کے قریب آکر دو ایک لمحوں کے لیے

رک کر دیکھتی ہے۔ پھر ایک عجیب ادا سے مجھے اپنا رُخ دکھا کر بریدہ گیسو جھلا کر آگے بڑھ جاتی ہے۔

خوجن کے گھر کے سامنے ایک مشہور پاپ سنگر رہتا ہے۔ اس کی دو بہنیں ہیں جون اور مارتھا۔ مارتھا نام رکھنے والی لڑکی کو مَیں نے آج تک پسند نہیں کیا۔ ایک صرف اسی مارتھا کو کیا کہئے۔ مَیں نے آج تک جتنی مارتھائیں دیکھی ہیں سبھی کو معمولی شکل وصورت کا پایا ہے۔ مگر دل بے حد گداز ہوتا ہے ان کا۔ اور بے حد شوہر پرست اور بچّوں پر جان چھڑکنے والی مائیں ہوتی ہیں۔ جون کو البتہ مَیں پسند کرتا ہوں۔ خوبصورت تو نہیں ہے۔ یوں کہنا چاہیئے کہ خوبصورت بنتے بنتے رہ گئی ہے۔ ہاں اتوار کو جب گرجا کے لیے سج سنور کر جاتی ہے تو خاص دلکش معلوم ہوتی ہے۔ جانے کیا بات ہے سجنے سنورنے سے عورت کا رنگ رُوپ نکھر آتا ہے۔ مرد پہلے سے زیادہ بدصورت ہو جاتا ہے۔

خوجن سے تو علیک سلیک بھی نہیں ہے۔ مگر جون سے ہے۔ ایک روز میں ٹیکسی میں آموں کی ٹوکری لا رہا تھا۔ بنگلے کے آہنی گیٹ پر جب ٹیکسی روک کر مَیں نے آموں کی ٹوکری کو اُٹھانا چاہا تو ٹوکری میرے ہاتھ سے چھوٹ کر سڑک پر اُلٹ گئی۔ اور بہت سے آم اِدھر اُدھر لڑھکنے لگے۔ کم بخت ٹیکسی ڈرائیور نے ذرا بھی مدد نہ کی۔ مزے سے ٹیکسی میں بیٹھا بیڑی پیتا رہا۔ مجھے اس قدر غصّہ آیا کہ مَیں نے جیب سے چُھرا نکال کر اسے وہیں جان سے مار دیا۔ یعنی خیال ہی خیال میں اب تک مَیں درجنوں قتل کر چکا ہوں اور جس طرح مزا اس قسم کے قتل میں ہے وہ اصل قتل میں بھی کیا ہوتا ہوگا۔ پھر نہ کورٹ جانا پڑتا ہے نہ مقدمہ چلتا ہے۔ نہ سزا ہوتی ہے۔ نہ لوگ اُنگلیاں اُٹھاتے ہیں۔ نہ ضمیر سرزنش کرتا ہے۔ چُھری اُٹھاؤ۔ قتل کرو۔ پھر مزے سے اس چُھری کو صاف کر کے اسی سے آم کاٹ کے کھاؤ۔

چنانچہ جب اس خیالی چُھری سے ٹیکسی ڈرائیور کو ہلاک کر کے مَیں سڑک پر لڑھکتے ہوئے آم اکٹھے کرنے لگا تو جون کہیں سے آگئی۔ اس نے آکر پہلے تو ٹیکسی ڈرائیور کو ڈانٹا

پھر میرے ساتھ لگ کر آم اکٹھے کر کے میری ٹوکری میں ڈالنے لگی۔ جون کی رنگت میرے آموں کی طرح سنہری ہے اور بڑی بڑی سیاہ پلکیں اس کی آنکھوں کی جھیلوں پر سایہ کئے ہوئے دور کنپٹی تک چلی گئی ہیں۔ پلکیں نقلی ہیں تو کیا ہوا۔ رنگت میک اپ سے بدلی ہے تو کیا ہوا۔ لگتی تو اچھی ہے۔ اور سڑک سے آم اٹھاتے اٹھاتے اس کے اوپر کے ہونٹ پر پسینے کی بوندنیاں نمودار ہو چلی ہیں۔ بہت پیاری لگتی ہے۔ آم ٹوکری میں جمع کر کے چلی جائے گی تو کیا ـــــ ایک دن جانا سب کو ہے۔ لیکن اس خوبصورت لمحے کو مَیں نے ایک خوش رنگ تتلی کی طرح پکڑ کر اپنی زندگی کی کتاب میں رکھ لیا ہے۔ جب بھی یہ صفحہ کھولوں گا اس تتلی کے رنگ میری آنکھوں میں تھر تھرائیں گے۔ اور آم کی خوشبو سے میرے سارے احساس بھر جائیں گے۔

دو برس ہو گئے اس واقعہ کو وہ جب بھی مجھے ملتی ہے "ہیلو انکل" کہتی ہے۔ مَیں کہتا ہوں ہیلو جون یعنی انکل کہہ کر اس نے مجھ سے اپنا فاصلہ برقرار رکھا ہے۔ مَیں جون کہہ کر اس کے قریب جانے کی کوشش کرتا ہوں اور یوں ہی یہ کشمکش چلتی رہے گی۔ سوچتا ہوں ایک روز ایر پورٹ جا کر اپنے تینوں لڑکے جو ولایت میں پڑھتے ہیں، جمع کر کے ٹیکسی میں بھر لاؤں گا۔ گھر کے آہنی گیٹ کے باہر جب ٹیکسی رُکے گی تو تینوں لڑکے ٹیکسی سے آموں کی طرح لڑھک پڑیں گے۔ اور جون کہیں سے آتی ہوئی ان میں سے کسی ایک کو چُن لے گی۔ اور اس کے ساتھ گرجا چلی جائے گی۔ جون بے حد قدامت پرست شریف لڑکی ہے۔ وہ ہر اتوار کو اپنے بوائے فرینڈ نہیں بدلتی ہے۔ دوسرے تیسرے مہینے جا کر بدلتی ہے۔ اور اپنے بوائے فرینڈ کے سامنے مجھے ذلیل نہیں کرتی ہے۔ یعنی انکل نہیں کہتی ہے۔ صرف اکیلے میں کہتی ہے دوسرے ہوں تو بس چور نظر سے دیکھ کر خاموشی سے گذر جاتی ہے۔ اس کی خاموشی نئے کپڑوں میں بسی ہوئی مہک کی طرح میرے نتھنوں میں پھیل جاتی ہے۔ اس کا ہیلو کہنا مجھے اتنا اچھا نہیں لگتا جتنا ہیلو نہ کہنا ـــــ کیونکہ کبھی کبھی نہ کہنے کی

بلاغت کہہ دینے کی فصاحت سے بہتر معلوم ہوتی ہے۔

خوجن کے شوہر کے پاس ایک گاڑی ہے ایک ٹمپو اور ایک لاری۔ ٹمپو اور لاری وہ کرائے پر دیتا ہے۔ اور گاڑی بالعموم اس کی بانکی خوجن چلاتی ہے۔ اور آلو یا پیاز تک کے لیے اس کی گاڑی مارکیٹ تک لے جاتی ہے۔ خوجے کو میں اکثر اپنی طرح بس میں جاتے دیکھتا ہوں۔ اب میرے پاس بھی اگر گاڑی ہوتی تو میں گرے ہوئے آم کی طرح سڑک پر نہ لڑھکتا ہوتا۔ خود عورتیں ہمک کر میری گاڑی میں آبیٹھتیں۔ ہمارے سماج کا الجبرا ہی کچھ اس قسم کا ہے۔ گاڑی کو عورت سے ضرب دو تو مرد کی عمر آدھی ہو جاتی ہے۔

جون اور مارتھا کا بھائی جو مشہور پاپ سنگر ہے اور اکثر شام کو اپنی کوٹھی کی چھت کی منڈیر پر ٹانگیں پھیلائے گٹار کو گود میں لیے گاتا نظر آتا ہے اس کے پاس بھی زرد رنگ کی لوہاک کی گاڑی ہے۔ یہ گاڑی بھی سٹائیلش ہے۔ اور اسے دیکھ کر آج کل کی زرد دھاری والی پتلون کا خیال آتا ہے۔ جو ہندوستانی ہپیوں میں بہت پاپولر ہے۔

مارسیا کے پاس زینڈا گاڑی ہے۔ اسے مارسیا کے پاس آئے ہوئے اتنے ہی سال ہو گئے جتنے سال مارسیا کے شوہر کو مرے ہوئے ہو گئے۔ زینڈا کو مارسیا کا شوہر انگلینڈ سے لایا تھا۔ اس کا عہدہ چیف انجینئر کا تھا۔ رونڈاڑیم کی تعمیر میں ڈائنامیٹ کا ایک خلیتہ بے وقت پھٹ جانے سے اس کی موت ہو گئی۔ تین برس کا ایک بچہ چھوڑ کے وہ مارسیا کو داغِ مفارقت دیکر چلا گیا۔ گھر کا امیر تھا اس لیے گا بالین کا سب سے خوبصورت گھر مارسیا کو دیکر چلا گیا۔ ہماری طرح کا دو منزلہ بنگلہ ہے۔ اُوپر کی منزل میں مسٹر اور مسز ایلش رہتے ہیں یہ اینگلو انڈین جوڑا ادھیڑ عمر کا ہے۔ پامیلا ایلش وہ کسی زمانہ میں بڑی حسین ہوگی۔ اب بھی اس کی آنکھیں مُسکراتی ہیں ایسی گہری سمجھ ہے ان میں جو دس پندرہ عاشق رکھنے کے بعد ہی عورت کی نگاہ میں پیدا ہوتی ہے۔ ہم دونوں شام کے جھٹپٹے میں اکثر سڑک پر چلتے ہیں۔ وہ مجھے دیکھ کر اکثر رُک جاتی ہے۔ جاسوسی ناول ہم

دونوں پسند کرتے ہیں۔ اس لیے گفتگو کا موضوع اگاتھا کرسٹی یا اینڈرسن جونز یا اس راس میکڈانلڈ ہوتے ہیں۔ پامیلا سگریٹ بے تحاشہ پیتی ہے۔ اور اپنی امباسیڈر بے تحاشہ تیز چلاتی ہے۔ ممکن ہے شوہر سے جھگڑا رہتا ہو۔ کیونکہ وہ اور ڈیوڈ بہت ہی کم اکٹھے دیکھے جاتے ہیں۔ دو ایک دفعہ مجھے اس کا سگریٹ سلگانے کا فخر حاصل ہو چکا ہے۔

مگر مارسیا کی بات اور ہے۔ مارسیا تو گا بالین کا گلاب ہے۔ وہ چار سال تو بیچاری نے ایک وفادار بیوی کی طرح کسی نہ کسی طرح رو دھو کر بسر کر دئے۔ صرف بیویاں ہی نہیں بیوائیں بھی وفادار ہوتی ہیں اور ہندوستان میں تو انھیں دم آخر تک اپنے مرے ہوئے شوہر کی یاد کو سینے سے لگائے وفادار رہنے کے لیے کہا جاتا ہے۔ گو اب حالات بدل رہے ہیں یہ وہ زمانہ ہے جب یادیں دھندلی پڑنے لگی ہیں اور جسم کی مانگیں اُبھرنے لگی ہیں۔ میرا اپنا یہ خیال ہے کہ بعض اوقات نوجوان بیوائیں نوجوان بیویوں سے زیادہ خوبصورت ہوتی ہیں۔ مارسیا کو دیکھ کر اس کا قائل ہونا پڑتا ہے کہ حسن سوگوار میں حُسن خوشگوار سے زیادہ کشش ہوتی ہے۔

پہلے سال تو مارسیا بالکل سیاہ ملبوس میں رہی۔ دوسرے سال سے کپڑوں کی تراش بدلنے لگی اور کپڑوں کے رنگ بھی، وہ چمکیلے رنگ تو نہیں آئے جو اس کے جوان جسم پر پھبتے لیکن ہاں سنجیدہ رنگ اور ڈیزائن سیاہ رنگ کی جگہ لینے لگے۔ تین چار سال کے بعد وہ بالکل ماڈرن ڈیزائن اور ماڈرن رنگوں پر آگئی۔ کبھی کبھی عورت کے کپڑوں کے رنگ اور ڈیزائن دیکھ کر اس کی نفسیاتی کیفیت اور مزاج کا اندازہ ہوتا ہے۔ مارسیا کے کپڑے دیکھ کر لگتا ہے اب وہ کھل کھلنے پر آمادہ ہے۔ اپنے بنگلے کی دیوار پر پھیلی ہوئی بوگن ویلیا کے نیچے دھندلی بھیگی شاموں میں اسے میں نے کئی بار بے قرار دیکھا ہے۔ کئی بار کسی سے لپٹ کر ہم کنار دیکھا ہے۔ لوگ کہتے ہیں مارسیا کو اپنے مرحوم خاوند سے بڑی محبت تھی۔ مگر کسی جوان جسم کو کب تک کسی کی مری ہوئی یاد سے آسودہ رکھا جا سکتا ہے۔ اب مارسیا ایک نیا شوہر

چاہتی ہے۔ وہ اکثر اپنی زینڈا میں کسی کورٹ شپ کے لیے آنے والے مرد کے ساتھ گھومتی دکھائی دیتی ہے۔ اس کے بوائے فرینڈ بدلتے رہتے ہیں۔ اس کی گاڑی کا رنگ بھی سال میں دو مرتبہ بدلتا ہے۔ جونہی اس کی گاڑی کا رنگ بدلا میں سمجھ جاتا ہوں اب اس کا بوائے فرینڈ بھی بدلے گا۔

گاہالین میں اپر مڈل کلاس رہتی ہے۔ دو ایک کو چھوڑ کر سب کے پاس اپنے بنگلے ہیں۔ اپنی گاڑیاں ہیں۔ اپنی مطمئن مغرور زندگی ہے۔ گاہالین میں دو ایک کو چھوڑ کے سبھی کرسچین رہتے ہیں۔ ہر گھر میں پیانو ہے اور مغربی موسیقی کا شوق ہے۔ مغرب سے آئے ہوئے فیشن سب سے پہلے گاہالین اور ایڈورڈ ڈبریمیو میں نمودار ہوتے ہیں لڑکیاں اپنے بوائے فرینڈز کے ساتھ گھومتی ہیں۔ مرد اپنی محبوباؤں کے ساتھ۔ میں کھڑکی میں کھڑا دیکھتا ہوں۔ مگر کچھ دنوں سے اس طمانیت اور فراغت بھری زندگی میں غریبی گھس آئی ہے۔ کوئی بیس پچیس مزدور میونسپل کمیٹی کی طرف سے مامور کیے گئے ہیں۔ گاہالین کے دونوں طرف کنکریٹ کے ڈرین پائپ ڈالنے کے لیے ان لوگوں نے میری کھڑکی کے بالکل سامنے سڑک کے اس پار بڈھے پارکر کے بنگلے کے باغیچے کی باڑھ سے لگ کر چھ چھپر باندھ لیے ہیں۔ لگتا ہے گاہالین کا ایک حصہ سلم میں بدل گیا ہے۔ کالے کالے ننگے بدن نیکر اور پھٹی ہوئی بنیان پہنے ہوئے کدال سے زمین کھودتے رہتے ہیں چٹائی کے چھپروں میں کھانا پکاتے ہیں۔ دو چھپر پرانی زنگ آلود ٹین کے پتروں سے بنے ہیں ایک میں تو دروازہ بھی ہے اور اس پر کبھی کبھی تالا بھی دکھائی دے جاتا ہے۔ اس ٹین کے چھپر میں سیمنٹ کے بورے رکھے جاتے ہیں۔ اس کے قریب آٹھ بڑے بڑے لوہے کے ڈرم پانی سے بھرے رکھے ہوئے ہیں۔ یہی پانی سیمنٹ ریت اور بجری ملانے کے کام آتا ہے۔ اسی پانی میں مزدور نہاتے ہیں اسی پانی کو وہ پیتے ہیں۔ ہر روز صبح پانی سے بھری ہوئی ایک

لاری آتی ہے۔ اور ڈرم بھر جاتی ہے۔ رات کو کھلے چھپروں میں یہی مزدور چولھے پر رکھ کر روٹی پکاتے ہیں کھانا کھا کے اسی جھلملاتی روشنی میں جس میں تاریکی زیادہ ہوتی ہے اور روشنی کم ہوتی ہے وہ ہجر و فراق کے گیت گاتے ہیں۔ کیونکہ ان کی بیویاں ان کے گاؤں میں ہیں اور وہ اپنے گاؤں سے سیکڑوں میل دور گا بالین کی پکی سڑک کے دو رویہ ڈرین پائپ کے کیڑے ہیں۔ ہم لوگوں کو بہت برا لگتا ہے۔ گا بالین کے افق پر دور دور تک ایسی بدصورتی اور غریبی نہ تھی۔ لگتا ہے اب تک اخباروں میں جو پڑھتے تھے دن رات ایسا ایک وہ پرابلم ہمارے سامنے آ گیا ہے۔ مگر ہمارا اس پرابلم سے کوئی واسطہ نہیں۔ بہت عرصہ ہوا ہم لوگ اپنے لیے اس پرابلم کو حل کر کے گا بالین میں آکر بس گئے تھے۔ ہمیں کیوں تنگ کیا جارہا ہے۔ کوئی آٹھ دس دن کی بات ہے تو آدمی دانت بھینچ کر آنکھ بند کر کے گزار دے مگر یہ لوگ تو سنا ہے چار مہینے تک یہاں رہیں گے۔ اور نہ صرف گا بالین بلکہ ایڈورڈ ایونیو کی دونوں گلیوں میں کنکریٹ کے پائپ ڈالیں گے۔ کیا کوئی ایسی ترکیب نہیں ہو سکتی کہ راتوں رات نالیاں کھد جائیں۔ سیمنٹ کے بستر بن جائیں اور ان میں کنکریٹ کے پائپ جمادے جائیں۔ سائنس کی دنیا میں کیا ممکن نہیں ہے۔ مگر میونسپل کمیٹی ہمیں تنگ کرنے پر تلی ہوئی ہے۔ یہ پانچ روپے یومیہ مزدوری پانے والے مزدور جانے کہاں سے ایک کانٹے دار جھاڑی کی طرح ہمارے باغیچے میں اگ آئے ہیں۔ یہ لوگ ہماری گا بالین کی خوبصورت زندگی میں ایک بدنما دھبے کی طرح ابھر آئے ہیں اور ہم کچھ نہیں کر سکتے۔ ناک سکوڑ کر ان کے قریب سے کترا کر نکل جاتے ہیں جن کے پاس گاڑیاں ہیں وہ اس نکڑ سے جلدی سے نکل جاتے ہیں۔ مگر ان مزدوروں کو ہماری زندگی سے کوئی علاقہ نہیں، ہماری رائے کی کوئی پروا نہیں جیسے یہ لوگ کسی دوسرے سیارے سے آئے ہوئے ہوں۔ یہ لوگ آپس میں چہلیں کرتے ہیں ہنستے ہیں گیت گاتے ہیں کام کرتے ہوئے گیت گاتے ہیں۔ دال بھات یا دال روٹی کھا کر اپنے چھپر میں یا سڑک کے کنارے لیٹے ہوئے بڑے بڑے ڈرین پائپ کے اندر بڑے مزے سے سو جاتے ہیں۔ امیر

لوگوں کو ہردم خیال رہتا ہے کہ وہ امیر ہیں لیکن ان غریب لوگوں کو کبھی خیال نہیں آتا کہ وہ غریب ہیں۔ ان کے ہنستے بشاش چہرے اور تندرست جسم دیکھ کر خیال آتا ہے۔ شاید ان لوگوں نے کوئی ایسی امیری ڈھونڈلی ہے جسے پیسے کی حاجت نہیں۔

چند دنوں سے ان مزدوروں میں ایک لڑکی شامل ہوگئی ہے۔ گہرا سیاہ رنگ بٹن ایسی چمکتی ہوئی آنکھیں اور ہر وقت مسکراتے ہوئے ہونٹ اور صاف ستھرے ہاتھ پاؤں میں اسے اکثر ایک چڈی پہنے پانی کے بڑے ڈرم کے قریب نہاتے دیکھتا ہوں بال اکثر کھلے ہوتے ہیں۔ کبھی ٹیلھی پھول دار کاٹن کا ایک چیتھڑا اس میں بندھا ہوتا ہے۔ نہاکر وہ اکثر سڑک پر بیٹھ کر پتھر کے ٹکڑے جمع کرنے لگتی ہے کبھی مادر زاد ننگی ہوکر ناچنے لگتی ہے۔ نہیں نہیں وہ پاگل نہیں ہے۔ وہ محض تین سال کی ایک بچی ہے۔ اس کا نام منی ہے اور اس کے مزدور باپ کا نام گھولو ہے۔ گھولو بالکل با ایک نوجوان سالڑکا ہے۔ تین سال ہوئے اس کی بیوی نمونیا سے مرگئی۔ منی کو اس کی بیوی کی بڑی بہن نے پالا ہے۔ جو سولہویں روڈ پر تعمیر ہونے والی یونائیٹڈ بلڈنگ میں کام کرتی ہے۔ مگر گھولو اپنی بیٹی کے بغیر نہیں رہ سکا اس لیے اب وہ اسے یہاں لے آیا ہے۔

مجھے منی بہت بھاگتی ہے۔ کھڑکی میں سے اسے اکثر دیکھتا ہوں۔ اسے نہانے کا بھی بے حد شوق ہے۔ بھرے ہوئے ڈرم میں سے اپنی چھوٹی سی لٹیا میں پانی لیکر نہاتی رہتی ہے۔ نہاکر پھر سڑک پر کھیلتے ہوئے خاک میں لوٹتے ہوئے اتنی ہی گندی ہوجاتی ہے مگر اسے اس کا کوئی احساس نہیں ہے۔ سڑک کی خاک اس کے لیے گھاس کی لان کے برابر ہے یا کسی عمدہ باغیچے کی طرح۔ شروع شروع میں مجھے اس کا عریاں رہنا بہت کھلا۔ میں اس کے لیے ایک دن دو چڈیاں لے آیا۔ پھر ایک فراک لایا۔ پھر مٹھائی لایا۔ پھر بالوں کے لیے ربن لایا۔ بڑی مشکل سے وہ کا فرادا رام ہوئی ہے پہلے پہل وہ مجھ سے بات تک نہیں کرتی تھی مجھے دیکھ کر چھپر میں چھپ جاتی تھی۔ اور چھپر

کے دروازے کی آڑ سے جھانک کر مجھے دیکھتی تھی۔ بات تو اب بھی وہ مجھ سے نہیں کرتی ہے۔ کیونکہ منی ہندی نہیں جانتی گھولو مدھیہ پردیش کا قبائلی ہے۔ گھولو شہروں میں رہ کر ہماری بولی سیکھتا ہے۔ مگر متی تو ابھی تین سال کی ہے میری اور اس کی گفتگو اس کے باپ کے ذریعے ہوتی ہے یا اس کی چمکتی ہوئی آنکھوں کے ذریعے یا اس کی گردن کی جنبش کے ذریعے جس سے وہ ہاں یا ناں کرتی ہے مگر دھیرے دھیرے وہ میری محبت کی رشوت کی قائل ہوتی جا رہی ہے اس نے طے کر لیا ہے کہ اگر وہ شادی کرے گی تو صرف مجھ سے۔ دو نئے فراک ایک نئی چڈی چند ربن اور کچھ پیسے جو میں اسے دیتا ہوں اس نے الگ ایک پوٹلی میں باندھ کر رکھ دئے ہیں۔ کہتی ہے یہ میرا جہیز ہے۔ کبھی تو ہمک کر میری گود میں آجاتی ہے۔ کبھی انگلی پکڑ کر میرے ساتھ ساتھ سڑک پر چند قدم چلتی ہے۔ پھر جہاں پانی کے ڈرم رکھے ہیں وہاں جا کر رک جاتی ہے۔ اور مجھے بازار سے کھلونے لانے کی فرمائش کرتی ہے۔ اب اس کے پاس لکڑی کا گھوڑا ہے کپڑے کا خرگوش ہے بھالو ہے اور ایک بہت پیاری گڑیا ہے اور پلاسٹک کا ایک ہوا ہے جسے وہ اکثر اپنے ساتھ نہلاتی ہے اور نہلا کر اسے اپنی کمر کے خم میں لٹکا کر بڑی بوڑھیوں کی طرح چلتی ہے۔

میری اولاد میں صرف لڑکے ہی لڑکے ہوئے لڑکی کوئی نہ ہوئی۔ پر اب متی کے آجانے سے لگتا ہے جیسے وہ کمی پوری ہوگئی مگر گابالین والے میری اور متی کی دوستی کو اچھی نظر سے نہیں دیکھتے۔ انھوں نے میرے گھر والوں کو سمجھایا اور میرے گھر والوں نے مجھے سمجھایا مگر کچھ اثر نہ ہوا مجھ پر۔ میں متی کے اور منی میرے بہت نزدیک آتے گئے۔ میں نے منی سے کہہ دیا ہے کہ ہم شادی تو کریں گے ہی مگر وہ بار بار پوچھتی ہے "کب میں جواب دیتا ہوں "جب اس سڑک کے دونوں طرف ڈرین پائپ لگ جائیں گے۔ مگر ایک پائپ ہم رکھ لیں گے اپنے رہنے کے لیے۔ ورنہ ہم سوئیں گے کہاں۔ متی کو چھپر کی زندگی پسند نہیں ہے۔ اسے کنکریٹ کا ڈرین پائپ زیادہ پسند ہے۔ صاف ستھرا ہے دو طرف سے کھلا ہے۔ متی کو اس میں کھیلنا بہت پسند ہے۔

جب سے میں نے اسے لوہے کے ٹپ میں پھنسا ہوا لال رنگ کا لنگور لا دیا ہے ۔۔۔ وہ اسے اکثر ٹپ کو پائپ میں پھنسا کر لنگور کو ڈوڈی سے اوپر نیچے چلا تا گا دیکھ کر خوش ہوتی ہے۔ ایک روز جب بناری مٹھائی والے سے متی کے لیے تھوڑی سی مٹھائی لے کر چلا آ رہا تھا تو تختہ پر متی مجھے دیکھ کر دونوں بانہیں پھیلا کر بے تحاشہ کلکاریاں مارتی ہوئی خوشی سے دوڑتی ہوئی میری طرف بھاگی۔ سٹرک کراس کرتے ہوئے اسے آس پاس کا کوئی دھیان نہ رہا اس کی چمکتی ہوئی آنکھیں صرف مجھے دیکھ رہی تھیں۔

میں اسی وقت بکھڑے سے ایک تیز ٹرن کاٹتی ہوئی مارسیا کی موٹر سب وے ۔۔۔۔۔۔ سے آ کر اس کے گھر کی طرف نکل گئی دوسرے لمحے میں میرے منہ سے زور کی ایک چیخ نکلی کیونکہ متی مارسیا کے موٹر کے نیچے آ چکی تھی۔ جسے مارسیا کا نیا بوائے فرینڈ چلا رہا تھا۔ وہ یونائیٹڈ کنگڈم سے بیس روز کی چھٹی پر آیا تھا اور چند دن کے بعد مارسیا کو انگلینڈ لے جانے والا تھا جہاں اس کا اور مارسیا کا فائنل کورٹ شپ ہونے والا تھا۔ مارسیا نے ایک لمحے کے لیے آنکھیں بند کر لیں اور اس کے بوائے فرینڈ نے موٹر سے اتر ان اَن پڑھ جاہل گندے غلیظ مزدوروں کو ہزاروں گالیاں سنا ڈالیں جو اپنے بچوں کو سٹرک پر ننگ دھڑنگ ناچنے گانے کے لیے چھوڑ دیتے ہیں۔

میں نے اور گھمولونے اور مزدوروں نے مل ملا کر متی کو موٹر کے نیچے سے نکالا۔ مگر وہ مر چکی تھی۔

ہم لوگ متی کو دفن کرائے ہیں۔

گا بالین میں سناٹا ہے آج کسی چھپر میں چولہا نہیں جلا۔ سب مزدور گھمولو کے گرد جمع ہیں جو اپنا منہ ہاتھوں میں چھپائے چپ چاپ لیٹا ہے ڈربن پائپ میں پھنسا ہوا لنگور اکیلا ہے اور متی کی گڑیا چھپر کے ایک کونے میں اُلٹی پڑی ہے وہ لوگ اس سے بات کرنا چاہتے ہیں مگر گھمولو کسی سے بات نہیں کرتا وہ چپ چاپ لیٹا ہے۔

مَیں نے ایک مزدور کو چھ روپے دئے "اسے شراب پلاؤ اس سے باتیں کرو اسے بہکنے دو۔ ورنہ یہ بھی جان سے چلا جائے گا غم زدہ گھولو۔"

مارسیا کے بنگلے کی کھڑکیاں کسی مجرم کے ضمیر کی طرح اندر سے بند ہیں۔ لین میں آنے والے نکڑ کے قریب سر جھکائے گذر جاتے ہیں۔ رات گہری ہوتی جاتی ہے۔ غم زدہ گھولو کے سینے میں سسکیاں بھری ہیں مگر اس کے حلق سے کوئی آواز نہیں نکلتی وہ اسے شراب پلاتے ہیں وہ چپکے چپکے پیتا جاتا ہے۔

پھر ایک مزدور نے گھولو کے سامنے منی کی پوٹلی رکھ دی گھولو نے اسے دھیرے دھیرے سے کھولا نہ اس کی آنکھ نم ہے نہ ہاتھ کانپتے ہیں وہ ایک ایک چیز الگ کرتا ہے اودے پھولوں والا فراک بادامی ریشم کا فراک۔ لال چڈی ہری چڈی ہاتھوں سے تالی بجانے والا بھالو لمبے لمبے کانوں والا خرگوش سونے کے پالش والا جھمکا۔

ایکا ایک وہ ایک زوردار چیخ کے ساتھ اُٹھا اور اُٹھتے ہی اس نے چھپر کی آہنی دیوار سے لوہے کا ایک پترا کھینچ لیا اور اسے ہاتھ میں لے کر بجلی کی سی تیزی سے ——— باہر نکل گیا۔

ملزم کے خلاف الزام یہ ہے کہ اس نے ۲۹ جون کی رات میں گابالین میں کھڑی چھ موٹروں کے ٹائر پھاڑ ڈالے۔

عصمت چغتائی

ڈھکوسلا

جے ہند کالج کے سامنے کیسی بے پناہ بھیڑ جمع ہے۔ کوئی ایکسی ڈینٹ ہوگیا۔ یا کسی نئے فلم کا پریمیر ہے۔ لڑکوں اور لڑکیوں کے غول کے غول چلے آرہے ہیں۔ سڑک پر موٹروں کی دوہری قطاریں کھڑی ہیں۔ اوہو آج داخلے کی تاریخ ہے۔ الا کالج پر بھی ایسی ہی بھیڑ ہے۔ کے سی کالج کے سامنے بھی طلبا کے ٹھٹ کے ٹھٹ جمع ہیں۔

بچے کس ذوق وشوق سے داخلہ لینے پر مچلے ہوئے ہیں۔ تن بدن کا ہوش نہیں۔ ایک کالج سے دوسرے کالج کی طرف بھاگ رہے ہیں۔ والدین کئی دن سے منسٹروں اور عہدیداروں کے ٹیلی فون کھڑکھڑا رہے ہیں۔ جن جن کے مسکے لگائے تھے، دعوتیں دی تھیں ولایت سے اسمگل کئے ہوئے تحفے دئے تھے، آج ان سے وصولی کا وقت آگیا ہے۔ سب اپنے اپنے پشت پناہوں کی چٹھیاں لیے رجسٹرار کے دروازے پر آس لگائے کھڑے ہیں۔ کبھی کوئی پروفیسر نما شخص اِدھر سے اُدھر گذرجاتا ہے تو سب باادب باملاحظہ اٹینشن ہوجاتے ہیں۔ بڑی عقیدت سے سلام کرتے ہیں وہ نہایت رعونت سے سر کو ایک شاہانہ جنبش دے کر گذر جاتا ہے جیسے وہ تقدیر کا فرشتہ ہو اور اس کی مٹھی میں ان نوجوانوں کا مستقبل ہو۔ دو چار بڑھ کر اسے گھیر لیتے ہیں۔

سر پلیز.....“

”یس“ وہ بڑی رعونت سے پوچھتا ہے جیسے غریب کو بالکل خبر نہیں کہ وہ کس لیے یہاں آئے ہیں۔

” رجسٹرار کا دفتر کب کھلے گا۔“ بڑی انکساری سے پوچھتے ہیں۔

” کھلے گا کھلے گا۔“ وہ سر ہلاتا گذر جاتا ہے۔

کیسے کیسے پاپڑ بیل کر تو کالج تک پہنچنے کا وقت نصیب ہوا۔ چار چار ماسٹروں سے ٹیوشن لی۔ سیروں گذشتہ سالوں کے پیپر خریدے۔ خدا خدا کر کے پاس ہوئے اسکول سے جان چھوٹی۔ اب کالج میں اعلیٰ تعلیم پانے کا نایاب موقع ہاتھ آیا۔ مگر داخلہ ملنا مذاق نہیں۔

حصول علم کا نشہ سوا ہے۔ ہر طالب علم داخلہ لینے کے لیے بے قرار ہے۔ کتنا شوق ہے ان کے دلوں میں، علم حاصل کر کے یہ ایک دن اپنے ملک کا نصیب جگائیں گے۔ اس کے رُخ پر جمی ہوئی پھٹکار دور کریں گے۔ ڈاکٹر بن کر بیماریوں سے جنگ کریں گے۔ انجینئر ملک سے تاریکی دور کریں گے، موٹریں، ہوائی جہاز، ٹیلی ویژن بنائیں گے اور ایک دن چاند پر جائیں گے۔ داخلہ کی ہما ہمی ختم ہو گئی۔ کالج میں کیسا سناٹا ہے۔ کس قدر خاموشی سے مطالعہ میں مشغول ہیں۔ شروع میں چند ہفتے تو بڑا ہنگامہ رہا اب شاید جم گئے ہیں۔ مگر یہ مطالعہ کہاں جا رہا ہے۔ کلاسیں تو آدھی خالی ہیں۔

ایروز سینما پر گیارہ بجے کی شو پر کس غضب کی بھیڑ ہے باہر ”ہاؤس فل“ کا بورڈ لگا ہے۔ مگر بلیک سے ٹکٹ ملنے کی اُمید میں بے چین کھڑے ہیں۔ ناامید ہو کر بیچارے ”نیو ایمپائر“ یا اسٹرلنگ کی طرف ٹیکسیاں لے کر بھاگتے ہیں۔ ورنہ گرانٹ روڈ اور لیمنگٹن روڈ پر تو ٹکٹ مل ہی جاتے ہیں۔

سینما دیکھ کر نکلتے ہیں تو لنچ کا وقت ہو جاتا ہے۔ پیسے تو ٹکٹ اور ٹیکسی

میں گئے بھیل پوری اور بھجیوں پر ہی اکتفا کرنی پڑتی ہے۔

خدا جانے کلاس میں کیا ہوا کرتا ہے۔ زیادہ تر طالب علم تو سڑک پر کھڑی موٹروں کے گرد کھڑے گپتیں مارا کرتے ہیں۔ دو چار اُچک کر منڈیروں پر بیٹھ جاتے ہیں۔ زیادہ تر اچھے خوش حال خاندانوں کے بچے ہیں۔ جدید ترین فیشن کے بال اور لباس۔ کوئی غریب اور مفلس ملا نہیں۔ ایسوں کو یہاں داخلہ ہی نہیں ملتا۔ زیادہ تر انھیں ہی ملتا ہے جن کے باپ کا رسوخ چلتا ہے۔

یہ نوجوان کتنے ہشاش بشاش اور بے فکر نظر آتے ہیں۔ ایکبار داخلہ ہو جائے کتاب اور کاپیاں خرید لی جائیں بس پھر کچھ کرنے کی ضرورت نہیں۔ ان کتابوں میں علم کی دولت بھری پڑی ہے۔ جس کے پاس یہ خزانہ موجود ہو پھر اسے کیا فکر ہو سکتی ہے۔

سڑک پر گپتیں مارتے جی اُکتا جاتا ہے تو یا تو ڈیڑھ بجے کا شو بھی دیکھ لیتے ہیں۔ وہ نہ ملا تو ساڑھے تین بجے کا تو ہاتھ سے نہیں جا سکتا۔ گھر پہنچنے میں دیر ہو گئی تو کہہ دیا آج ٹوٹوریل تھا یا کوئی اور ہنگامہ تھا۔

ڈیڈی کو اپنے کام سے اتنی فرصت ہو تب تو کچھ پوچھ گچھ ہو۔ ممی لنچ کے بعد اپنی سہیلیوں کے ساتھ خود فلم دیکھنے چلی جاتی ہیں۔ یا رمی کی بیٹھک ہوتی ہے بچے دیر سویرے بھی آئیں تو کچھ دھیان نہیں رہتا۔

مصیبت جب آتی ہے جب ششماہی امتحان سر پر آجاتا ہے۔ بھاگ دوڑ کرکے پھر ٹیوٹر لگائے جاتے ہیں۔ کتابیں جو اِدھر اُدھر دوستوں کے گھروں میں بھولے سے چھوڑ دی تھیں ڈھونڈھی جاتی ہیں یا اِدھر اُدھر سے مانگ کر کام چلایا جاتا ہے۔ بڑے زور شور سے پڑھائی شروع ہو جاتی ہے۔ چائے اور کافی پی پی کر رات کے بارہ بجے تک پڑھائی پھر صبح چار بجے کا الارم لگا کر جُٹ جاتے ہیں۔ ہوش و حواس گم بڑی پابندی سے کلاس میں حاضر جلدی جلدی ان لوگوں سے نوٹ مانگے جاتے ہیں جو لوٹ لے سکے تھے۔

کچھ پلے نہیں پڑتا (KEY) کی مدد بھی کام نہیں آتی۔ سوائے نقل کے اور کوئی چارا نہیں۔ نقل کرنے کے بہت سے طریقے ہیں۔ کچھ تو پاس بیٹھنے والے کام آجاتے ہیں پھر کچھ پرچوں پر لکھ کر بھی ساتھ لے جاتے ہیں۔ کچھ ایسے بھی سورما ہیں جو پوری پوری کتابیں لے جاتے ہیں۔ اِن وجی لیٹر کی اگر شامت آتی ہے تو دخل در معقولات کی سزا میں ٹھگ جاتا ہے جو سمجھدار ہے نہایت بے تکلفی سے اخبار بیٹھا دیکھتا رہتا ہے۔ اور بھی زیادہ عقلمند ہوتا ہے تو اشارے کنائے سے مدد بھی کر دیتا ہے۔ وہ بھی جانتا ہے۔ کہ یہ یہاں عِلم حاصل کرنے نہیں آئے۔ ڈگریاں یے آئے ہیں۔ اس کی لکھی ہوئی (KEY) کو خرید ہی چکے ہیں۔ ان کے باپ بڑے ملنسار اور خوش مزاج ہیں۔ ان کی مائیں بڑی فیاض اور دوست نواز ہیں۔ دعوتوں میں خالص فارن لکر ہوتی ہے۔ ان میں سے اکثر کو وہ خود یا اس کے دوست ٹیوشن بھی دیتے ہیں۔

اسکول کے بچے تو ہیں نہیں۔ اب یہ کالج کے ذمہ دار اسٹوڈنٹ ہیں۔ ان پر کوئی سختی تو ہے نہیں۔" اسکولوں میں بڑی پابندی تھی۔ ٹھکائی بھی ہو جاتی تھی۔ کالج میں تو عیش ہیں۔ کوئی گھر میں بھی پوچھ گچھ نہیں کر سکتا۔ والدین جو پڑھا لکھا تھا بھول بھال چکے ہیں۔ یہ بھی خبر نہیں کالج کے کورس میں کیا پڑھایا جا رہا ہے۔ وہی ایک پروز (PROSE) اور پوئیٹری (POETRY) جو پچیس برس پہلے انگریزوں کے زمانے میں پڑھائی جاتی تھیں۔ ضرور ایک آدھ شیکسپیئر کا ڈرامہ ہوگا۔ ریپڈ ریڈنگ (Rapid Reading) میں اسٹیونسن (Stevenson) ہوگا۔ اکنامکس کی کتاب ابھی چھپ کر ہی نہیں آئی۔ کئی سال سے چھپ رہی ہے۔ کتنی کتابیں بازار میں ملتی ہی نہیں مگر کورس میں ہیں۔ جرمن پڑھانے کے لیے کوئی استاد نہیں جڑتا۔ فلورا فاونٹین کے پاس ایک بوڑھی جرمن عورت نے ایک ٹیوشن کی کلاس کھول دی ہے جنھیں شوق ہو وہ وہاں جا کر پڑھ لیں۔

میرا فلیٹ جے ہند کالج کے عین سامنے ہے۔ میری بیٹی کے دوست کبھی پانی پینے

یا سُستالنے آجاتے ہیں۔ بڑے زندہ دل اور چونچال بچے ہیں۔ پورے وقت فلمی رسالوں پر جٹے فلم پر بحث کیا کرتے ہیں۔ کئی لڑکے راجیش کھنہ جتندر امیتابھ بچن کے ہم شکل ہیں۔ عین ویسے ہی بال، ویسی ہی بھڑک دار قمیص اور بیل بوٹم پینٹ اور لڑکیاں تو سبھی راکھی اور جیا بھادری ہیں۔ جوائے مکرجی اسی جے ہند کالج میں پڑھتا تھا۔ سادھنا بھی یہیں پڑھتی تھی اور اب یہ طلبہ بھی یہیں پڑھتے ہیں۔"

"تم اتنے فلم دیکھتے ہو تو پڑھتے کب ہو۔" میں پوچھتی ہوں۔

"پڑھ لیتے ہیں" وہ بڑے تکلف سے ٹال دیتے ہیں۔

"تمھارا دل نہیں لگتا پڑھنے میں"۔

"دل لگنے کی کیا بات ہے۔" وہ ہنستے ہیں۔

"اٹ از سو بورنگ"۔

"ہماری کچھ سمجھ میں نہیں آتا"۔

"ہم سے نوٹس نہیں لیے جاتے۔ سرنہ جانے کیا بتاتے ہیں کچھ پلے نہیں پڑتا"۔

"اور کتابیں" میں پوچھتی ہوں۔

"بڑی ڈل ہیں"۔

"اور امتحان کیسے دیتے ہو" میں کریدنا چاہتی ہوں۔

"ہم تو رَٹ لیتے ہیں"۔

"نوٹس پڑھ لیتے ہیں"۔

"کی (KEY) میں بہت صاف سمجھ میں آتا ہے"۔

"اور نقل" میں مذاق میں پوچھتی ہوں۔ سب ہنسنے لگتے ہیں۔ اپنے جُرم کا اقبال نہیں کرتے مگر اوروں کی چالاکیوں کے قصّے سُنانے لگتے ہیں۔ کون کیسے پاس ہوتا ہے میں ان بچوں کی ہوشیاری اور دیدہ دلیری پر دنگ رہ جاتی ہوں ایک بڑا ہی ہوشیار لڑکا

ہے وہ اپنے پرچے کے ساتھ اپنے دوست کا پرچہ بھی کرتا ہے۔ ایک سوال کے پچیس روپے لیتا ہے۔

"تمھیں علم حاصل کرنے کا شوق نہیں۔" میں پرانا پٹا ہوا جملہ دُہراتی ہوں۔

"کیا فائدہ۔"

میں لاجواب ہو جاتی ہوں۔ وہ تشریح کرتے ہیں۔

"علم سے کیا حاصل۔"

"تاکہ دوسروں کو دے سکو۔ میں دوسرا گھسا ہوا جملہ استعمال کرتی ہوں۔

ہمیں۔ ٹیچر تو مر کے بھی نہیں بننا۔

کورس کی کتابیں تو جلا دینے کو جی چاہتا ہے۔ پڑھنے کے بعد پڑھانے کے خیال سے ہمارے رونگٹے کھڑے ہوتے ہیں۔

"تو بس ڈگری چاہیئے۔"

"ہاں جواب کے لیے ڈگری کی ضرورت پڑتی ہے۔

"علم کی نہیں۔"

"تمھیں بس ڈگری دکھانے کے لیے باقی اصل کام تو رسوخ اور سفارش سے بنتا ہے۔"

"یہ بھی ٹھیک کہتے ہو۔" میں قائل ہو جاتی ہوں۔

"اِنٹرویو انگلش میں ہوتا ہے۔ ہم کونوینٹ کے پڑھے ہوئے ہیں۔ اس لیے ہمیں جواب دینے میں کیا مشکل ہوگی۔ بس فٹا فٹ انگلش بولنے والے کا رعب پڑ جاتا ہے۔"

"اگر ہندی میں انٹرویو ہونے لگے تو۔"

"تو ہماری چھٹی۔ ہماری مادری زبان ہندی نہیں۔"

"پھر۔"

"گجراتی۔"

"سندھی۔"

"مراٹھی۔"

"تامل۔"

"پنجابی۔"

اُنھوں نے چودہ زبانیں گنا دیں۔

"مگر ہمیں اپنی مادری زبان بھی نہیں آتی۔"

"کیوں۔"

"جب کانوینٹ میں نام لکھوایا گیا تو سسٹر نے کہا کہ بچے سے گھر پر صرف انگریزی بولی جائے۔تب سے ممی ڈیڈی انگلش ہی بولتے رہے۔ بس مادری زبان انگلش ہی ہے۔"

"مگر ہندی تو تمھیں سیکھنی چاہیے۔" مَیں نے رائے دی۔ "کیونکہ وہ سرکاری زبان ہے۔"

"اور مراٹھی صوبہ کی زبان ہے اس لیے سیکھنی چاہیے۔"

"تین زبانیں کون سیکھے۔"

"مجھے تو جرمن بھی پڑھنا پڑتی ہے۔"

"مَیں نے فرینچ لی ہے۔"

میرا سر چکرانے لگا۔ اُف یہ بچے اتنی مختلف زبانیں پڑھتے ہیں جن کی سپی میں اتنا فرق ہے دنیا کے کسی ملک میں اتنی زبانیں سیکھنا ضروری نہیں۔ انگریز بس انگریزی پڑھ کر دُنیا کا علم حاصل کر لیتا ہے۔ چینی چینی زبان میں جاپان والے جاپانی زبان میں اور روسی اپنی زبان میں علم حاصل کرتے ہیں۔

مگر ہندوستان کے پروگرام میں مقصد علم حاصل کرنا ہے ہی نہیں۔ بس ڈگری کے بعد نوکری یہی مقصد زندگی ہے۔ اُونچا طبقہ انگریزی پورے انہماک سے پڑھتا ہے کہ سلے

ملک کا کاروبار اسی زبان کے ذریعے ہوتا ہے۔ اگر کوئی احمق اپنی مادری زبان میں علم حاصل کرنے کی کوشش کرے تو بن موت مارا جائے۔ پھر یہ کم بخت سرکاری زبان بھی بس ڈھکوسلا ہے۔ کام بالکل نہیں آتی۔ انگریزوں پر ناحق ہی الزام ہے کہ اُنھوں نے انگریزی ہماری جان پر لاد دی پچیس برس سے ہم خود اسے لادے ہوئے ہیں۔ انگریز جب یہاں آیا تھا تو کس تیزی سے انگریزی زبان نے فارسی اور اردو کا خاتمہ کردیا تھا۔ میرا مطلب ہے سرکاری دفتروں میں انگریزی چالو کردی تھی۔

زبان کے بعد پھر تعلیم کا سوال اُٹھا۔ بڑی بحث کے بعد طلبا نے قائل کردیا کہ علم کسی شعبہ میں کام نہیں آتا۔ بھلا دفتر میں شیکسپیر اور ملٹن کس کام آتے ہیں۔ زندگی میں زیادہ تر کام ہتکھنڈوں کے بل بوتے پر ہوتے ہیں۔ آج کل کے بچے بڑے صاف گو ہوتے ہیں۔ بڑی سادگی سے بتا دیتے ہیں کہ ان کے پاپا کس طرح کالا دھندا نہایت ایمانداری سے کرتے ہیں۔ کس طرح سمگلنگ کے سامان کی نکاسی کرتے ہیں۔ حشیش اور مرجوانہ کے بیوپار میں کتنا شاندار منافع ہے۔ پکڑے جانے کا کوئی سوال نہیں۔ دو فیصدی پکڑا بھی جائے تو بھی منافع ہے۔ بس دکھاوے کو پکڑ لیا جاتا ہے۔ کروڑوں کا مال صاف نکل جاتا ہے۔ یہ نوجوان کتابوں میں کیا لکھا ہے کیوں جانیں جب وہ یہ جانتے ہیں کہ ایک کے ہزار کن ہتکھنڈوں سے بنائے جاتے ہیں۔ علم کو کیسے کھلا پلا کر کام بنایا جاتا ہے۔ صرف احمق ہی کتابوں کے جھمیلے میں پڑ کر بھو کے مرتے ہیں۔ ہوشیار لوگ نقل کر کے پاس ہو جاتے ہیں کہ ان ڈگریوں سے رعب پڑتا ہے۔ آڑے وقت میں کام آتی ہیں۔ ویسے دادا پردادا بغیر ڈگریوں کے لکھ پتی ہو جاتے تھے۔

"ہمارے دادا کو دستخط بھی کرنا نہیں آتے تھے۔ انگوٹھا مار دیتے تھے۔"

لڑکیاں بھی پڑھائی میں آنکھیں پھوڑنا حماقت سمجھتی ہیں۔ ماڈلنگ زیادہ دلچسپ اور منافع بخش ہے۔ فلم میں جانے کا موقع بھی رہتا ہے۔ ویسے عشق وقت گزاری کے لیے

کیا جاسکتا ہے۔ اور کرنا ہی پڑتا ہے۔ مگر شادی بڑے غور و خوض کے بعد والدین کی رائے سے ہی کرنا چاہیئے۔ وہ بھی تگڑی آسامی سے۔ شادی ضرور کرنا چاہیئے کہ ہر فلمی ہیروئن سوائے شادی کے فلم میں اور کچھ نہیں کرتی۔ بس ایک ڈگری مل جائے تو کام بن جائے گا۔ ویسے گھر میں دولھا کے انتظار میں بیٹھنے کے بجائے وقت گزاری کے لیے کالج ہی رہ جاتا ہے۔ جس وقت بھی لڑکا مل جاتا ہے۔ والدین تعلیم چھڑا کر بیاہ کردیتے ہیں۔ یہ کالج کی تعلیم بھی ڈھکوسلا ہے۔ صرف بدصورت غریب اور گھیگھلی لڑکیاں پڑھ کر استانیاں بنتی ہیں۔ امیر لڑکی اوڑھنے پہننے کا سلیقہ حاصل کرکے فٹافٹ انگریزی بولتی ہو شادی ہوجاتی ہے۔ اچھا تگڑا جہیز ہو تو لڑکوں کی کمی نہیں۔

رہیں غریب لڑکیاں جن کے پاس صورت ہو وہ کہیں ہاتھ مار لیتی ہیں۔ جو اس دولت سے محروم ہیں وہ بھی پڑھائی سے کتراتی ہیں۔ پڑھ کر ٹیچر بن گئیں یا کلرکی ہاتھ آئی۔ سب بے کار اس سے تو کال گرل زیادہ کما لیتی ہے۔ صورت کی ضرورت نہیں اچھا جسم ہو تو کام بن جاتا ہے۔ نئے نئے ہوٹل کھل رہے ہیں۔ تھوڑا سا مٹکنا آجائے تو اسٹرپ ٹیز بھی کافی اچھی آمدنی کا ذریعہ ہے۔ ہیئر ڈریسنگ میں بھی بہت فائدہ ہے۔ آج کل عورتوں کو بال بنوانے کا خاصہ جنون ہے۔

مگر ہر جگہ ڈگری کی قیمت چلتی ہے۔ کیا ہی اچھا ہو جو یہ کالج سینما گھروں میں تبدیل کردیے جائیں ہوٹل بنا دیے جائیں ریسٹوران میں ڈھال دیے جائیں اور ڈگریوں کے لیے ایک ملک بوتھ (دودھ کی دکان) جیسے ڈبے لگا دیے جائیں جہاں فٹافٹ بڑی بڑی فیسیں لے کر ڈگریاں دیدی جائیں۔ جیسے جھوٹے پرمٹ اور لائسنس ملتے ہیں۔ اس میں تو سرکار کا بڑا فائدہ ہے۔ خرچ کم اور منافع زیادہ۔ اتنا بڑا اسٹاف پالنا یونیورسٹیوں کے چانسلر اور وائس چانسلروں کے خرچے پروفیسروں کی مصیبت۔ نہ ان کی کوئی ضرورت نہ کوئی ان کی عزت کرتا ہے۔ سب سفارشوں اور رشوت سے خریدے جاسکتے ہیں۔ اکڑ فوں دکھاتے

ہیں تو اُٹھا کر پھینک دئے جاتے ہیں۔ میں خاموش ان طلبا کو دیکھتی ہوں۔ وہ بڑے ذہین ہیں۔ بڑے شریف اور مہذب ہیں۔ زندگی کی قدریں کچھ ایسے توڑ موڑ کر ان کے سامنے پیش ہوئی ہیں کہ ان کا یقین بھی مسخ ہوگیا ہے۔ ابھی ایسے طلبا کی تعداد زیادہ نہیں کیونکہ ایسا طبقہ ابھی محدود ہے۔ مگر یہ وہ مختصر سا طبقہ ہے جو آئندہ چل کر ملک کی باگ ڈور سنبھالے گا۔ یہ انگریزی داں امیر طبقہ ہے جو الیکشن پر قابو پائے گا اور اس ملک کے سیاہ وسفید کا مالک بن جائے گا۔ ان میں سے کوئی راک فیلر بن جائے گا کوئی فورڈ کوئی نکسن کا روپ دھارے گا۔ ملک سے باہر اس کا رسوخ نہ ہوگا۔ اس لیے ہندوستان کا ہی کوریا اور ویت نام بنائے گا۔

یہ مٹھی بھر چنے بھاڑ پھوڑیں گے۔ یا کچھ ہو جائے گا۔

یا بھاڑ نہیں بھون کر رکھ دے گا۔

قرۃ العین حیدر

پالی ہل کی ایک رات

(ایک تمثیل جس کے سارے کردار قطعی فرضی ہیں)

۱. ہومائے اردشیر جنگ والا.

۲. رودابہ جنگ والا

۳. آنٹ فیروزہ

۴. آغائے داراب کاظم زادہ

۵. خانم گلچہرا سفندیاری

مقام: پالی ہل، بمبئی —— زمانہ: جولائی ۱۹۷۶ء وقت آٹھ بجے شب

وسیع اسٹیج۔ عقبی دیوار کے وسط میں کھلا دریچہ. اس کے دونوں طرف گوا کی سیاہ تپائیوں پر جنگ گلدان، بائیں دیوار پر دو روغنی اکیڈمی پورٹریٹ۔ ان کے عین نیچے کوئن این صوفہ۔ دو کرسیاں۔ ایک کارڈ ٹیبل۔ کونے میں کاٹیج پیانو۔ اس کے اُوپر روپہلی فریم میں ایک متبسم خوبرو نوجوان کا بہت بڑا فوٹو گراف۔ بلوری مرتبان میں ایک جنک (چینی جہاز) کا ماڈل۔ ایک یونانی گلدان۔ دیواروں پر ولایتی وال پیپر جگہ جگہ سے اُکھڑ چکا ہے۔ اسٹیج کے دائیں حصے میں گول ڈائننگ ٹیبل اور دو کرسیاں۔ وکٹوریین سائڈ بورڈ۔ اس پر ایک شمعدان "WILLOW PATTERN" کی نیلی برطانوی پلیٹیں۔ اور ملکہ الزبتھ اور پرنس فلپ

شہنشاہِ ایران اور شہبانو فرح پہلوی کی تصاویر۔ دو ٹوبی مگ (TOBY MUGS) میز پر تین افراد کے لیے پلیٹیں، چھری کانٹے اور گلاس مع نیپکن۔ فٹ لائٹس کے قریب اسٹیج کے بائیں کنارے چوبی منقش چینی صندوق پر ایک سیاہ ایرانی بلی نخوت سے متمکن ہے۔ کمرے کا سارا ساز و سامان خستہ اور بوسیدہ۔ دائیں اور بائیں پہلو کی دیواروں میں دروازے۔ دریچے کے اوپر کُکو کلاک جو آٹھ بجا رہا ہے۔ سیاہ ریشمی کیمونو پہنے، جس پر رنگ برنگے دھاگے سے ایک مہیب ڈریگن کڑھا ہے، ناظرین کی طرف سے پُشت کیے ہوما ئے جنگ والا دریچے میں کھڑی ہے۔ رودابہ جنگ والا انگریزی ڈریس میں ملبوس پیانو کے سامنے بیٹھی LET's ALL GO DOWN THE STRAND بجا رہی ہے۔ پھر وہ اچانک ON RICHMOND HILL THERE LIVES A LASS شروع کر دیتی ہے۔

ہوما ئے :- اوہ، شٹ اپ۔ روڈی ——— میں دعا میں مصروف ہوں۔ ڈسٹرب مت کرو۔

رودابہ TIS THE LAST ROSE OF SUMMER LEFT BLOOMING ALONE بجانے میں مشغول ہو جاتی ہے۔

ہوما ئے :- روڈی ——— آج پورنماشی کی رات ہے اور میں آج ہی وضو کرنے میں گڑبڑا گئی ——— بتاؤ ——— منہ دھونے سے پہلے اَشیم وہو پڑھتے ہیں نا ——— پھر کلّی کرنا ——— پھر تین دفعہ پہنچے دھونا ——— پھر تین دفعہ کہنیوں تک ہاتھ ——— ہاتھ کی طرف سے کہنیوں تک نا ——— ؟ پھر پاؤں ——— ذراسی بھول چوک میں گناہ ہوگا ——— رودابہ منہ اٹھاکر "لاسٹ روز آف سمر" گانا شروع کر دیتی ہے۔ دونوں عورتوں کے چہرے اب تک چھپے ہوئے ہیں۔ اب ہومائے پہلی بار حاضرین کی طرف رُخ کرتی ہے۔ ایک معمر، پریشان صورت عورت۔) روڈی ——— بتاؤ ——— اسکول کی چھوکریوں کی طرف شور مت کرو ——— کل مَیں نے پنج گاہ کی نمازیں قضا کر دیں۔ قضا پڑھنا فرض ہے نا ——— ؟ کل دستور جمشید جی سے پوچھوں گی۔ آج پورنماشی ہے۔ مَیں ماہ نیائیش کی تلاوت کرنا چاہتی ہوں۔ لیکن بادلوں میں چاند نظر ہی نہیں آرہا ——— بڑے زور کی بارش آنے والی ہے۔ ہوشنگ کیسے پہنچے گا ———

(روداب اَن سُنی کر کے پیانو بجاتی رہتی ہے۔ باہر بارش شروع ہو جاتی ہے۔ بجلی چمکتی ہے اور چھت پر سے کھٹ کھٹ کی آواز آنے لگتی ہے۔ باہر بلیاں رو رہی ہیں۔ چینی صندوق پر بیٹھی ایرانی بلی

کاہلی سے اتر کر صوفے کے نیچے چلی جاتی ہے۔ بادل گرجتے ہیں۔ ہومائے اُونچی آواز میں خدا کے ایک سو۱ ناموں کا ورد شروع کر دیتی ہے۔

ہومائے:۔ یزد — ہروسپ تواںؔ — ہروسپ آگاہ — ہروسپ خدا اوری انجام۔ افزا۔ پرورا۔ خروشیدتم۔ ہرمید۔ ہرنیک فرہ — فران کام۔ افرموشں۔ اترس۔ افرازدم۔ آوربادگر۔

روداہہ:۔ (اندر سے گاتی ہے)۔

WEEP NO MORE MY LADY
O WEEP NO MORE TODAY
WE SHALL SING ONE SONG OF THE OLD KENTUCKY HOME OF THE
OLD KENTUCKY
FAR AWAY

ہومائے:۔ (کانوں پر ہاتھ رکھ کر) — آورنمگ۔ بادنمگ۔ بادگل گر۔ اگماں۔ ازماں۔ فیروزگر۔ نیافرید۔ داماد۔ خرومند۔ داور۔

(باہر دریچے کے نیچے قدموں کی چاپ)

روداہہ:۔ (رک کر)۔ کوئی آیا۔

(دائیں دروازے کی کال بیل بجتی ہے)

ہومائے:۔ (کواڑ ذرا سا کھول کر باہر جھانکتی ہے روداہہ سے کہتی ہے۔) ینگ فارنرز۔!

روداہہ:۔ ہپی —؟

ہومائے:۔ نہیں — ہپی نہیں۔ نہایت شاندار انگریز — (دروازہ کھولتی ہے۔ ایک نوجوان لڑکا اور لڑکی پانی میں شرابور ذرا جھجکتے ہوئے اندر آتے ہیں)

لڑکا:۔ (آکسفرڈ لہجے میں) تھنک یو میم — موسٹ کائنڈ آف یو۔ (برساتی اُتارنے میں لڑکی کی

---

۱ قادر ۲ علیم ۳ مالک کائنات

مدد کرتا ہے پھر اپنی برساتی اُتارتا ہے ــــ لڑکی سنہرے بال، خوبصورت ــــ بیش قیمت امریکن فراک۔ دونوں بہت متمول معلوم ہوتے ہیں لڑکی کے ہاتھ میں ایک پارسل ہے)۔

لڑکی :۔ (امریکن لہجے میں) معاف کیجئے گا ہم نے آپ کو ڈسٹرب کیا۔ ہم مسز کلثوم زری والا کا بنگلا تلاش کرتے پھر رہے ہیں۔ کیا آپ بتا سکیں گی؟ (ایک پرچہ دکھاتی ہے۔ ہومائے جواب نہیں دیتی وہ حیرت اور رشک کے ساتھ اس نوعمر حسین اور صحت مند جوڑے کو تکے جا رہی ہے۔ گویا دونوں کسی پُرانے خوشگوار خواب میں سے اچانک نمودار ہو گئے ہوں۔ رودابہ فوراً اسٹول سے اُٹھ کر آتی ہے۔ عینک لگا کر لڑکی کے پرچے پر لکھا پتہ پڑھتی ہے)۔

لڑکی :۔ کیبی نے کہا شاید آپ کے ہاں سے معلوم ہو جائے۔ سڑک تو یہی ہے۔

(رودابہ نفی میں سر ہلاتی ہے)۔

لڑکا :۔ بجلیاں اور کتنے برس رہے ہیں۔ کیا ہم آپ کے ہاں چند منٹ ٹھہر سکتے ہیں؟ ٹیکسی ڈرائیور اس طوفان میں آگے جانے سے انکار کر رہا ہے۔

ہومائے :۔ (چونک کر) اوہ ــــ! یقیناً ــــ اندر آجاؤ ــــ

(لڑکا اور لڑکی ایک دوسرے پر نظر ڈال کر کمرے میں داخل ہوتے ہیں)۔

لڑکی :۔ GEE ــــ تھینکس ــــ!!

ہومائے :۔ امریکن ــــ؟

لڑکی :۔ نو میم ــــ ایرانین ــــ

لڑکا :۔ (جھک کر) خانم گلچہر اسفندیاری ــــ داراب کاظم زادے۔

ہومائے / رودابہ } ہاؤ ڈو یو ڈو ــــ

(وہ دونوں صوفے پر بیٹھ جاتے ہیں۔ روشنی میں گلچہر کے لاکٹ پر ہیروں سے بنا "یا علی" جگمگانے لگتا ہے۔ ہومائے کُرسی پر ٹک کر بلّی کو گود میں اُٹھا لیتی ہے۔ رودابہ سرعت اور احساس معروفیت

کے ساتھ بائیں دروازے سے باہر چلی جاتی ہے۔)

ھوماٗئے :۔ تم لوگ کہاں سے آرہے ہو۔؟

داراب کاظم زادہ :۔ آج صبح لندن سے۔ مَیں کیمبرج میں پڑھتا ہوں ـــــ یہ میری کزن اور منگیتر ـــــ گلچہر ـــــ سیرہ لارنس میں زیرِ تعلیم ہے۔ امریکہ میں۔

گلچہر :۔ کالج میں میری ایک انڈین کلاس فیلو ہے ـــــ خدیجہ زری والا ـــــ اس نے ایک پیکٹ اور خط دیا تھا کہ بمبئی میں اس کی والدہ کو دے دوں ـــــ

داراب کاظم زادہ :۔ (کلپڈ برطانوی لہجے میں) مس زری والا نے اپنے مکان کا فون نمبر بھی دیا تھا۔ ہم لوگ ایئر پورٹ پر ہوٹل سینٹور میں ٹھیرے ہیں۔ وہاں سے فون کیا مگر بارش کی وجہ سے لائن خراب تھی۔ شام کو ٹیکسی لے کر مکان ڈھونڈنے نکلے۔ (رودابہ چائے کی ٹرے لیے کمرے میں واپس آتی ہے۔) ہم دونوں ـــــ کزن گلچہر اور مَیں ـــــ چھٹیوں میں ہندوستان کی سیاحت کے لیے آئے ہیں۔ وطن ہوتے ہوئے اپنے اپنے والدین سے مل کر مغرب واپس جائیں گے۔

ھوماٗئے :۔ وطن ـــــ؟

داراب :۔ طہران ـــــ ایران ـــــ

ھوماٗئے :۔ اوہ ـــــ آف کورس ـــــ !

(داراب نظریں اُٹھا کر سائیڈ بورڈ کو دیکھتا ہے جس پر شاہ اور شہبانوئے ایران کی تصویر رکھی ہے۔ وہ ذرا تعجب اور مسرت سے مسکراتا ہے۔ ہومائے چُپ بیٹھی ہے۔ ایسا لگتا ہے شاید مدتوں بعد گھر پہ مہمان آئے ہیں اور اس کی سمجھ میں نہیں آرہا ان سے کیا بات کرے۔

رودابہ :۔ (چائے کی ٹرے کارڈ ٹیبل پر رکھتے ہوئے) ہومائے! تم نے ہم لوگوں کا تعارف کرایا! ـــــ ینگ مین ـــــ! میں رودابہ اردشیر جنک والا ہوں۔ یہ میری بڑی بہن مس ہومائے جنک والا ـــــ

(داراب اور گلچہر مسکرا کر سرخم کرتے ہیں) اور وہ ہمارے والدین ـــــ سر اردشیر کیکاؤس جنک والا ـــــ لیڈی تہمینہ جنک والا۔

داراب :۔ (زیرلب) ہاؤ فیسی نیٹنگ ——!

رودابہ :۔ (پیانو پر رکھی خوش شکل نوجوان کی تصویر کی طرف اشارہ کرکے) یہ ہوشنگ سروش یارمرزا —— ہومائے کا منگیتر ——۔

(ہومائے ذرا شرما کر سر جھکا لیتی ہے۔ لفظ "منگیتر" پر داراب کاظم زادہ اور گلچہرا سفندیاری قدرے متحیر نظر آتے ہیں۔ چھت پر کھٹ کھٹ کی آواز۔ دونوں نووارد گھبرا کر ایک دوسرے کو دیکھتے ہیں۔ رودابہ چائے بناتی ہے)۔

داراب :۔ تھینکس۔ ہاؤ ویری نائس آف یو

رودابہ : یہ کوکیک —— آج ہی ہومائے نے بیک کیا ہے اور کاٹج چیز اور اسکونز میں نے بنائے ہیں۔

داراب کاظم زادہ :۔ گڈ لارڈ —— ! کاٹج چیز اور اسکونز ——! معلوم ہوتا ہے جیسے میں ابھی انگلستان ہی میں ہوں !!

ہومائے :۔ (ہونٹ بچکا کر) ہاہا —— اس مکان سے باہر نکلو گے تو پتہ چلے گا یہاں کے اسٹینڈرڈ کتنے گر گئے ہیں۔ میں اُمید کرتی ہوں تم کو مسز یوچ کھانا والا کا بنگلہ مل جائے گا۔ اگر اب تک گرا نہ ہو۔

گلچہرا سفندیاری :۔ مسز کلثوم زری والا ——

رودابہ :۔ کارٹر روڈ —— ؟

گلچہر :۔ جی نہیں —— پالی مالا روڈ —— ٹیکسی والا ساری پالی ہل پر لیے پھرا ہوٹل میں کسی نے ہمیں بتایا تھا کہ یہ جگہ دلیپ کمار کے بنگلے کے نزدیک ہوگی۔ ایک راہ گیر بولا۔ راجیش کھنہ کے بنگلے کے آگے دائیں ہاتھ کو جو سڑک جاتی ہے۔ میں نے کیبی سے کہا یہ دونوں بنگلے پالی ہل کے لینڈ مارک معلوم ہوتے ہیں تو وہ فوراً بولا —— میڈیم —— لینڈ مارک میں تو مرحومہ مینا کماری رہتی تھیں ——!" (ہنستی ہے)۔ اور راجیش کھنہ کا بنگلہ ——

ہومائے :۔ (ذرا ناگواری سے) راجیش کھنہ کون ہے ؟

رودابہ :۔ ہومائے ڈیر —— راجیش کھنہ ایک انڈین سنیما ایکٹر ہے۔ دلیپ کمار بھی ——

گلچہرہ(اسفندیاری):۔ (ذرا جوش سے) دلیپ کمار۔ مینا کماری ـــ وجینتی مالا۔ ممتاز۔ میں ان سب کی موویز طہران میں دیکھ چکی ہوں۔ اپنے بچپن میں۔ آئی لو انڈین موویز ـــ میری ممی نے تو سنگم پانچ مرتبہ دیکھی تھی۔ اور داراب یاد ہے ہمارے بچپن میں وہ انڈین فلم سونگ ہمارے طہران میں کس قدر مقبول تھے "دوست دوست نہ رہا" ـــ اور "میری جان شب بخیر!" ـــ آپ کو یہ گیت آتے ہیں ـــ؟

(روودابہ نفی میں سر ہلاتی ہے)۔

داراب :۔ گلچہر! میرا خیال ہے کل صبح دن کی روشنی میں تمہاری سہیلی کی والدہ کا مکان تلاش کریں۔ اب ان مہربان خواتین کا شکریہ ادا کر کے چلتے ہیں۔ بارش کا زور کچھ کم ہو رہا ہے۔ (ٹھٹھک کر) ـــ میم ـــ آپ کے ہاں چینی نوادر کا بہت عمدہ ذخیرہ موجود ہے!

ھومائے :۔ (چونک کر، خوشی سے) میرے گریٹ گرینڈ فادر نے چائنا سے تجارت شروع کی تھی۔ ان کے اپنے جنک تھے ـــ سمندری جہاز ـــ

داراب :۔ ہاؤ انٹرسٹنگ ـــ!

ھومائے :۔ (جواب اپنے متعلق بتانے کے لیے دفعتاً بہت بے چین نظر آتی ہے)۔ ڈپریشن سے قبل اس سڑک کے متعدد بنگلے ہمارے خاندان کی ملکیت تھے۔ کریش کے بعد سب بک گئے۔ چین سے ٹریڈ بھی ختم ہو گئی۔

داراب :۔ اور آپ کے والدین ـــ؟

ھومائے :۔ دونوں مر گئے۔

داراب :۔ بہن بھائی ـــ؟

روودابہ :۔ وہ بھی مر گئے ـــ

داراب :۔ دوسرے رشتہ دار ـــ؟

روودابہ :۔ وہ بھی مر گئے۔

داراب :۔ اوہ ـــ آئی ایم سوری ـــ

ھوماۓ :۔ ٹھیک ہے۔ اس کے متعلق تم کیا کر سکتے ہو ـــــ (اوپر چھت پر پھر کھٹ کھٹ شروع ہو جاتی ہے۔)

گلچھرا اسفند یاری :۔ (چاۓ کی پیالی ختم کر کے داراب سے) اب اجازت لیں ـــــ ؟

روداب :۔ نہیں نہیں ـــــ ابھی بیٹھو ـــــ ڈنر کھا کر جانا ـــــ

داراب :۔ میم ـــــ شکریہ ـــــ لیکن بہت رات ہو جاۓ گی۔ باہر ٹیکسی منتظر ہے۔

روداب :۔ ٹیکسی رخصت کر دو۔ ابھی ہوشنگ آنے والا ہے۔ تم کو تمھارے ہوٹل پہنچا آۓ گا سانتا کروز یہاں سے زیادہ دُور نہیں۔

ھوماۓ :۔ (چونک کر) ہمارے پاس شکستہ ماڈل کی پیکارڈ ہے۔ پہلے میں اسے چلایا کرتی تھی۔ فراٹے سے۔ ویک اینڈ کے لیے پونا ـــــ گرمیوں میں مہابلیشور۔ ماتھران ـــــ اب میرے گھٹنوں میں گٹھیا کا اثر ہوتا جارہا ہے۔ پیکارڈ پندرہ برس سے موٹر خانے میں بند پڑی ہے۔ ہوشنگ آجاۓ میں اس سے کہوں گی تم کو اسی میں تمھارے ہوٹل پہنچا دے۔

داراب :۔ (گھبرا کر) جی نہیں ـــــ زحمت نہ کیجیے، ہم ٹیکسی پر چلے جائیں گے۔

ھوماۓ :۔ (یکلخت سکون سے) اچھا۔ جو تمھاری مرضی۔ ہوشنگ بھی میری پیکارڈ چلانے پر راضی نہیں ہوتا ٹیکسی پر آتا جاتا ہے۔

گلچھرا :۔ (اب ذرا اُکتا کر) مسٹر ہوشنگ کب آئیں گے۔ ؟

(ککو کلاک میں سے پرندہ باہر نکل کر سُریلی سیٹی بجاتا ہے)۔

روداب :۔ اب آتا ہی ہوگا۔ اسے تاش کی لت ہے۔ روزانہ پابندی سے ولنگڈن کلب جاتا ہے۔ پہلے ٹینس ـــــ پھر کارڈز ـــــ نو دس بجے تک یہاں آتا ہے ـــــ تم لوگ بمبئی میں کب تک ہو ـــــ ؟ کسی شام ہوشنگ کے ساتھ ولنگڈن کلب ہو آؤ ـــــ آج بھی نو دولتوں کے اس بدصورت نۓ شہر میں اس کلب کا پُرانا برٹش ماحول برقرار ہے۔ پُرانی نسل کے چند وضع دار جنٹل مین اب بھی دستانے پہن کر چھڑی ہاتھ میں لے کر وہاں برج کھیلنے آتے ہیں۔

داراب :- ہاؤ انٹرسٹنگ ــــ !

گلچہر :- جیسے نیو انگلینڈ کے پرانے کنٹری کلب ــــ !!

ہوما ئے :- یو آر رائٹ ! ــــ میں بھی جنگ سے پہلے والدین کے ساتھ امریکہ گئی تھی۔ اس سے بھی کئی سال قبل ماما جب پہلی بار پاپا کے ساتھ امریکہ گئیں ــــ ہالی وڈ میں رڈولف ویلنٹینو نے اپنے ہاتھ سے ان کو اپنی تصویر بھی دی تھی ــــ دکھاؤں ــــ ؟ (اٹھتی ہے)

گلچہر :- مائی گوڈ ــــ !

رودابہ :- اب وہ تصویر کہاں تلاش کروگی۔ چھوڑو ــــ

ہوما ئے :- (پھر بیٹھ جاتی ہے اب داراب کو مخاطب کرکے ہم دونوں بہنوں نے سوئٹزرلینڈ میں فنشنگ اسکول کیا۔ ہوشنگ نے تمھاری طرح اوکسفرڈ میں پڑھا تھا۔

داراب :- میں کیمبرج میں ہوں۔

ہوما ئے :- نیور مائنڈ ــــ اچھا ذرا میں کچن میں ہو آؤں ــــ اکسکیوزمی ــــ (اٹھ کر بائیں دروازے سے باہر چلی جاتی ہے۔ رودابہ اس کے پیچھے پیچھے جاتی ہے۔ دریچے کے باہر طوفانِ بادو باراں کی گرج ــــ سمندر کا شور بڑھتا جارہا ہے۔ داراب اُٹھ کر دریچے سے باہر جھانکتا ہے۔ پھر آہستہ سے) افوہ کتنا گھپ اندھیرا ہے۔ میں نے ایسی تاریک رات کبھی نہیں دیکھی۔ انڈین مونسون کی رات ــــ ! سمندر۔ بادل اور رات سب گھل مل کر ایک ہو گئے ہیں۔

(گلچہر ذرا خوفزدہ ہو کر داراب کے پاس جا کھڑی ہوتی ہے۔ احساسِ تحفظ کے لیے اس کے شانے پر ہاتھ رکھ دیتی ہے)۔

گلچہر :- داریوشں ــــ !

داراب :- (گھبرا کر) ارے ہماری کیب غائب ہوگئی ــ ؟

گلچہر :- (کھڑکی سے باہر جھانک کر) نہیں ــــ نیچے پورٹیکو میں کھڑی تو ہے۔ کیا گھٹاٹوپ اندھیرا ہے۔ (ذرا توقف کے بعد) اس طرح کے قدیم شاندار حارجین مکان جنوبی اسٹیٹس میں بھی موجود ہیں۔

کوٹن پلانٹیشنز پر ——— ہماری میزبان کہاں چلی گئیں ——؟

داراب:۔ بے چاریاں ہمارے لیے ڈنر کا انتظام کرنے گئی ہیں۔

گلچہر:۔ ڈیلائٹ فل اولڈ لیڈیز ——— سوکیوٹ ——— بالکل پھدکتی ہوئی چڑیاں معلوم ہوتی ہیں۔

داراب:۔ (افسردگی سے) گلچہر ——— بڑھاپے کا مذاق نہ اُڑاؤ ——— کبھی ہم اور تم بھی بوڑھے ہوں گے ——— اگر زندہ رہے ———

گلچہر:۔ (ندامت سے) آئی ایم سوری ——— منی ———

داراب:۔ (سوچتی ہوئی آواز میں ——— آہستہ آہستہ) انسانوں کی طرح نسلیں بھی بوڑھی ہو جاتی ہیں ——— کیمبرج میں ایک مرتبہ میرے ایک انڈین پادری دوست نے بتلایا تھا کہ اس وقت ساری دنیا میں پارسیوں کی تعداد اسٹرٹیڈ ویکلی آف انڈیا کی سرکولیشن سے ایک تہائی کم ہے!

گلچہر:۔ گڈ گوڈ!

داراب:۔ آج تیسرے پہر جب ہم لوگ سیر کرتے مالابار ہل کی ڈھلوان پر سے آرہے تھے۔ راستے میں ٹیکسی ڈرائیور نے ایک گھنے سرسبز جنگل کی طرف اشارہ کر کے بتایا تھا کہ اس میں پارسی لوگ کا دُخمہ ہے۔ یاد ہے ——؟

گلچہر:۔ ہاں ———

داراب:۔ اس وقت مجھے ایک خیال آیا ——— پسارگارد ——— پرسی پولس۔ طاقِ کسریٰ ——— اور آخر میں فقط مالابار ہل بمبئی کا دُخمہ ——— ! لارڈ! ——— واٹ این اینٹی کلائمکس!

گلچہر:۔ ہاؤ سیڈ ———

داراب:۔ نہیں ——— رنج نہ کرو ——— ہم تو زندہ ہیں اور ہماری قدیم تہذیب کے خالق یہ غیر معمولی لوگ بھی باقی رہیں گے۔

(بارش دفعتاً تھم جاتی ہے۔ دریچے کے باہر مدھم سی دُودھیا روشنی آہستہ آہستہ تیز ہوتی ہے)

داراب :۔ گلچہر ــــ دیکھو بادل ذرا سے چھٹے اور چاند نکل آیا ــــ ماہِ کابل۔ سامنے والے بنگلے کے پیچھے بادلوں میں سے نمودار ہونا کتنا فسوں خیز معلوم ہو رہا ہے۔ بالکل جیسے کانسٹبل کی ایک پینٹنگ ــــ کبھی یہ جگہ بے حد خوبصورت رہی ہوگی ــــ

گلچہر :۔ ٹیکسی ڈرائیور کہہ رہا تھا صرف دس برس پہلے تک سارے پالی ہل پر انتہائی پکچریسک بنگلے موجود تھے۔ اب سب غائب ہوتے جا رہے ہیں انھیں گرا کر ان کی جگہ اسکائی اسکریپر بنا دیے گئے ــ

داراب : میں امریکہ سے ہندوستان اسکائی اسکریپر دیکھنے تو نہیں آئی۔ کل ہی چلو بمبئی سے۔

داراب :۔ ڈارلنگ ــــ ہم لوگ اصل ہندوستان کی سیر کے لیے پرسوں صبح سویرے یہاں سے روانہ ہو رہے ہیں۔ جے پور۔ آگرہ۔ دلّی۔ کھجوراہو ــــ ڈی ورکس ! اکتاؤ نہیں ــــ

(باہر مینہ پھر برسنے لگتا ہے۔ ہوماۓ اور رودابہ دو کشتیاں اُٹھائے کمرے میں واپس آتی ہیں۔ کشتیاں جن میں ڈھکے ہوئے ڈونگے رکھے ہیں۔ ڈائننگ ٹیبل پر رکھ کر اپنی اپنی جگہ واپس بیٹھتی ہیں۔ داراب اور گلچہر دریچے سے ہٹ کر صوفے کی طرف آتے ہیں۔ ہوماۓ اپنے ہاتھوں کو دھیان سے دیکھ رہی ہے)۔

داراب :۔ مادموزیل ــــ آپ دونوں کے ہاتھ کتنے خوبصورت ہیں۔ ارسٹوکریٹک ــــ چھوٹے چھوٹے ہاتھ۔ جنھوں نے کبھی کام نہیں کیا۔ سوائے پیانو بجانے اور کشیدہ کاری کے ــ!

(دونوں بہنیں تشکر آمیز نگاہوں سے داراب کاظم زادہ کو دیکھتی ہیں۔)

ہوماۓ :۔ (ذرا بھرائی ہوئی آواز میں) پیارے نوجوان آدمی تم بہت مہربان ہو ــــ اور بہت مہذب ــــ لیکن ہمارے بٹلر گُگ، میڈ، سب کب کے رُخصت ہوئے ــ عرصے سے ہم دونوں خود ہی کھانا پکاتے ہیں۔ خود گھر کا سارا کام کرتے ہیں۔

داراب :۔ (خلوص سے) اب ہمارے لیے مزید تکلیف نہ اُٹھائیے ــــ ہم اپنے ہوٹل میں واپس جا کر۔

ہوماۓ :۔ نہیں نہیں ــــ ہوشنگ آنے والا ہے ــــ ہم سب کے ساتھ ڈنر میں شریک ہو ــــ پلیز ــ!

داراب :- بہت خوب ___ شکریہ ___ (کمرے میں ٹہل ٹہل کر سامانِ آرائش دیکھنے لگتا ہے. پھر سراردشیر اور لیڈی جنگ والا کی روغنی اکیڈیمی تصاویر کے سامنے جا کھڑا ہوتا ہے۔)

ھومائے :- (فخر سے) ہمارے پاپا اور ماما! (رومال سے آنکھیں خشک کرتی ہے)۔

داراب :- جی ہاں ___ آپ نے بتایا تھا ___ (بیٹھ جاتا ہے)۔

ھومائے :- دی ایئر نائنٹین تھرٹی فور میں جب پاپا دیوالیہ ہوئے، انھوں نے بھری برسات کی ایک ایسی ہی اندھیری رات اسی کمرے میں تولیہ سر پر لپیٹ کر اپنی کنپٹی پر پستول چلا دیا تھا ___ (کچھ خفیف سا لرز کر داراب کو دیکھتی ہے) کچھ عرصے بعد ماما شدت غم سے چل بسیں ___ دستور جمشید جی ہمارے فیملی پریسٹ نے ہمیں سمجھایا ___ روؤمت ___ ہادوخت نسخ میں لکھا ہے: "خدا اور اس کے پیغمبر[1] کا ارشاد ہے کہ مرنے والے کی موت پر رونا گناہ ہے. جب مرنے والا عالمِ نزع میں ہوتا ہے دیو استاگ واد اس کی روح قبض کرنے آتا ہے. بالا رزانے کیکاؤس جس نے آسمان پر پرواز کرنے کی کوشش کی تھی. دیو استاگ داد کے پنجے سے نہ بچا ___ نہ افراسیاب شاہِ توران جس نے موت سے بھاگنے کی سعی میں سمندر کی تہہ میں آہنی محل بنوایا تھا ___" ماما کی لاش کے لیے زمین پر بستر بچھایا گیا سروش باج کی تلاوت ہوئی ___ سگ دید کروائی گئی. کفن پہنایا گیا ___ دستور لوگ پشت گاہاں کے لیے تیار ہوئے ___ دخمے میں میت چڑھا کر دروازہ مقفل کیا گیا ___ پسماندگان نے بعد وضو نمازِ دخمہ ادا کی ___ تین رات تک ہمارے گھر میں اور دخمے کے نزدیک چراغ جلا ___ جانتے ہو ___؟ اگر ان تین راتوں میں اوستا پڑھی جائے تو سروش[2] رواں کی مدد نہیں کرتا ___ رواں کے لیے پہلی تین راتیں بہت بھاری ہیں. جو اسے نو ہزار راتیں معلوم ہوتی ہیں. انبوہ در انبوہ دیو آ کر اسے ڈراتے ہیں. لیکن انہی تین راتوں میں سروش پل[3] پر اس کی رہبری

---

[1] حضرت زرتشت

[2] ایک فرشتہ [3] اوستا: پرتو ___ پہلوی: پوہر ___ فرانسیسی: پوں ___

کرتا ہے ___ نیک روحوں کو امینناسپند پل چنوات پر سے گزار لے جاتے ہیں۔ مقدس ارواح اور فردوس کی حوریں پل کے سرے پر زرنگار پیرہنوں میں اس کا خیر مقدم کرتی ہیں۔ وہ تاقیامت مسرور رہتی ہے۔ پر تیسرے روز طلوعِ آفتاب سے قبل آفرنگاں کی تلاوت کی گئی تاکہ روح برزخ میں سے نکل جائے ___ دستور آدھی رات کو آکر گھر کی دہلیز پر کھڑے ہو کر پسماندگان کو اطلاع دیتے ہیں ___ اب متوفی کی روح فلاں مقام پر ہے ___ اب فلاں جگہ پہنچ چکی ہے ___ پاپا اور ماما کے لیے بھی انھوں نے یہی کیا داراب ___ ! مجھے یقین ہے پاپا اور ماما کی روحیں اب فردوس بریں میں موجود ہوں گی ___ (رومال سے پلکیں خشک کرتی ہے۔)

داراب: (چند لمحوں بعد، گہری آواز میں) مجھے بھی یقین ہے مادموزیل۔

(خاموشی کا مختصر وقفہ ___ معاً چھت پر کھٹ کھٹ ازسرِ نو شروع ہو جاتی ہے ___ دونوں ایرانی مہمان گھبرا کر اوپر دیکھتے ہیں۔)

گلچہرہ: (کھنکار کر) معاف کیجئے گا ___ میم ___ کیا بالائی منزل پر کرایہ دار رہتے ہیں۔؟

(دونوں بہنیں متوحش ہو کر ایک دوسرے پر نظر ڈالتی ہیں۔)

ہوما رُخ: (روداب سے) انھیں بتلا دوں؟

(اسٹیج کے باہر ونگ میں کسی کے زینہ اُترنے کی آواز ___ کھٹ کھٹ کھٹ دائیں دروازے میں ایک بیحد ضعیف پارسن آسیب کے مانند نمودار ہوتی ہے۔ سفید لیس کا بلاؤز ___ سفید ریشمی ساری جس کی سیاہ مخملیں بیل پر زرتار برنگے پھول بنے ہیں۔ ہیرے کا بروچ۔ گوشوارے ___ سچے موتیوں کی مالا ___ جالی کے سفید دستانے ساٹن کے سبک سفید سینڈل۔ دائیں ہاتھ میں رنگین پیراسول ___ معلوم ہوتا ہے گویا سیدھی بکنگھم پیلیس کی گارڈن پارٹی سے واپس آرہی ہیں ___ عمر تقریباً پچانوے سال ___

لے موسم بہار میں تیار کیا ہوا مکھن

ضعیفہ :- (جھرجھری آواز میں) ہوماسے ـــــ! رودابہ! ـــــ سروش کسی کی مدد نہیں کرتا ـــــ نہ بہرام[1] ـــــ نہ خود اہرمزد ـــــ اس دھوکے میں بھی نہ رہنا ـــــ سمجھیں ـــــ؟ سب عالم برزخ ہی برزخ ہے۔ یا جہنم ـــــ فردوس کہیں نہیں ہے ـــــ سمجھیں ـــــ؟ باقی یہ کہ وہ پل پر مہرداور کے سامنے پہنچ چکا ہے اور اب اس کا اور میرا مقدمہ مہر یزد کے سامنے پیش ہونے ہی والا ہے ـــــ آدھی رات کو تمھیں یہ اطلاع دینے آئی ہوں ـــــ گڈ نائٹ ـــــ

(ضعیفہ کھٹ کھٹ چلتی اسٹیج پر سے گزر جاتی ہے ـــــ گلچہر سہم کر داراب سے لپٹ گئی ہے ـــــ روداب اور ہوماسے بھونچکی بیٹھی ہیں۔ باہر زینے میں سیڑھیاں چڑھنے کی آواز ـــــ کمرے میں سناٹا ـــــ)

روداب :- (سنبھل کر) آئی ایم سوری ـــــ یہ بیچاری ہماری دیوانی آنٹ فیروزہ ہیں ـــــ سابق لیڈی فیروزہ ڈائمنڈ کرٹ ـــــ اوپر کی منزل پر رہتی ہیں ـــــ بالکل تنہا ـــــ دماغ چل گیا ہے لیکن پچانوے سال کی عمر میں کیا قابلِ رشک صحت ہے ـــــ سارے وقت پیرا سول کی نوک سے فرش کھٹکھٹایا کرتی ہیں ـــــ چوبی چھت ہے اس وجہ سے آواز صاف آتی ہے ـــــ ہمیں تنگ کرنا ان کا اصل مقصد ہے۔ (داراب اور گلچہر ایک دوسرے کا ہاتھ مضبوطی سے تھامے رہتے ہیں۔)

ہوماسے :- میرا خیال ہے ہوشنگ کے آنے سے قبل تم دونوں کو بیچاری کریزی آنٹ فیروزہ کا قصہ سنا ہی دوں۔

روداب :- (ڈانٹ کر) نہیں ہوماسے ـــــ خاموش رہو ـــــ

ہوماسے :- ہرگز نہیں۔ ضرور سناؤں گی ـــــ (داراب اور گلچہر اٹھ کھڑے ہوتے ہیں اور تیزی سے دروازے کی جانب بڑھتے ہیں۔ ہوماسے لپک کر داراب کا بازو پکڑ لیتی ہے اور غیر معمولی طاقت سے دونوں نوجوانوں کو ڈھکیلتی دریچے کے پاس لے جاتی ہے) وہ سامنے جلا ہوا کھنڈر دیکھتے ہو ـــــ؟

---

[1] ایک مددگار رہبر فرشتہ

املتاس کے اُدھر —— ؟

داراب :۔ (ہکلاکر) جی —— جی ہاں ——

هوماۓ :۔ یہ لیڈی فیروزہ کا مکان تھا۔ (داراب عادتاً "ہاؤ انٹرسٹنگ" کہنا چاہتا ہے مگر سہم کر رک جاتا ہے)۔ آنٹ فیروزہ ہماری والدہ کی دور کی رشتے دار تھیں۔ امیر کبیر ماں باپ کی اکلوتی —— دی ایزنائنٹین ناٹ فائیو میں جب اپنے سوئیس اسکول سے واپس آئیں یوروپ سے —— ان کی شادی سر فریدوں جی ڈائمنڈ کر سے کر دی گئی۔ سر فریدوں بلجیم سے ہیروں کی تجارت کرتے تھے۔

روداببہ :۔ شادی کے اٹھارہ اُنیس سال بعد وہ مر گئے —— لیڈی فیروزہ ڈائمنڈ کر ایک کروڑ پتی لاولد بیوہ رہ گئیں ——

هوماۓ :۔ ہوشنگ سروشیار مرزا میرا لڑکپن کا دوست تھا —— مگر اس کے ماں باپ معمولی لوگ تھے۔ باپ ایک بنک میں ہیڈ کلرک —— سر اردشیر جنگ والا کی لڑکی سے اس کی شادی ناممکن —— وہ ہمارے تعلیمی ٹرسٹ سے وظیفہ حاصل کر کے پڑھنے کے لیے ولایت چلا گیا تاکہ واپس آکر کچھ بن سکے اور مجھے بیاہ لے جائے اس دوران میں ڈپریشن ہوا —— پاپا ماما مرے —— ہمارا اپنا گھر تباہ ہو گیا۔

روداببہ :۔ دی ایزنائنٹین تھرٹی ایٹ میں ہوشنگ ولایت سے لوٹا —— مگر قسمت خراب تھی۔ حسب دلخواہ ملازمت نہیں ملی۔ تین سال بیکار رہا ——

هوماۓ :۔ تب ایک شام اسی کھڑکی میں کھڑے ہو کر اس نے مجھ سے کہا —— "ہوماۓ —— اجازت دو کہ میں لیڈی فیروزہ ڈائمنڈ کر سے شادی کر لوں بڑھیا بیمار رہتی ہے چند سال میں لڑھک جائے گی۔ پھر ہم تم اپنا گھر بسا لیں گے —— اس وقت تم اور ہم دونوں افلاس کے شکار ہیں۔ اور اپنی مالی پریشانیوں سے چھٹکارا پانے کا یہ واحد اور سہل ترین نسخہ ہے ——" مجھے اپنے کانوں پر یقین نہ آیا اور میں گم سم رہ گئی۔ وہ میرے جواب کا انتظار کیے بغیر زینہ اُتر کر پورٹیکو سے نکلا اور لیڈی ڈائمنڈ کر کے بنگلے کی سمت روانہ ہو گیا۔

روداببہ :۔ ٹرف کلب میں دعوت ہوئی —— دستوروں نے مقدس منتر پڑھ کر دونوں کو ایک

دوسرے کا کدخدا[1] اور کدبانو[2] بنادیا اور وہ ہمارا "انکل ہوشنگ" بن گیا ـــــ آنٹ فیروزہ خوشی سے پھولی نہ سمائیں ـــــ اس عمر میں ایسا خوبصورت نوجوان شوہر مل گیا ـــــ ناقابل یقین خوش نصیبی۔

ہوما رُخ:۔ بنام ایزد[3] ـــــ! ہوشنگ کتنا شکیل اور طرحدار تھا ـــــ! اب ہم سب نے مل کر آنٹ فیروزہ کے انتقال کا انتظار شروع کیا ـــــ شادی کے وقت ان کی عمر ساٹھ سے اوپر تھی ـــــ گلچہر! ـــــ اُس وقت میں تمہارے ہی برابر رہی ہوں گی ـــــ اور ہوشنگ بالکل تمہارے داراب جیسا تھا ـــــ!

(گلچہر اور داراب لرز کر ایک دوسرے کا ہاتھ زیادہ مضبوطی سے تھام لیتے ہیں۔)

داراب:۔ لیکن آنٹ فیروزہ جیتی ہی چلی گئیں ـــــ پینسٹھ سال، ستر سال، اسی سال اور بے چارہ ہوشنگ وفادار ملازم کی طرح خدمت میں حاضر ـــــ آنٹ فیروزہ کا حکم تھا وہ چوری چھپے بھی ہم سے نہ ملے۔ ہمارے اور اس کے پیچھے پرائیویٹ جاسوس لگا رکھے تھے ـــــ اور خبردار کر دیا تھا کہ اگر ہوما سے ملتا پایا گیا تو وہ اپنی ساری دولت اس کے بجائے کسی خیراتی ادارے کو دے جائیں گی ـــــ

ہوما رُخ:۔ تب عاجز آکر بے چارے ہوشنگ نے اپنی قسمت سے انتقام لینا شروع کیا ـــــ وہ آنٹ فیروزہ کا روپیہ بیدردی سے اُڑانے لگا ـــــ ریس کورس، جوا ـــــ شراب ـــــ سٹہ ـــــ وہ اسے بھاری بھاری چیک کاٹ کر دیا کیں ، کہ خوش رہے۔

داراب:۔ جب آنٹ فیروزہ اکیاسی کی ہو کر بیاسی میں لگیں ہوشنگ ان کو تقریباً کنگال کر چکا تھا۔ پھر اس نے آنٹ فیروزہ کی اکیاسیویں سالگرہ بڑی دھوم سے منائی۔ سامنے والے بنگلے میں زوردار پارٹی ہوئی ـــــ کیک پر ۸۱ کے بجائے ۱۸ موم بتیاں لگائی گئیں۔ شہر کا بہترین ڈانس بینڈ آیا۔ ہم دونوں بہنیں اسی کھڑکی میں سے نظارہ دیکھتی رہیں۔

ہوما رُخ:۔ اچانک بنگلے میں سے مہیب شعلے بلند ہوئے۔ چاروں طرف شور مچ گیا ـــــ آگ ـــــ! آگ ـــــ!! کسی نے آکر کہا کہ برتھ ڈے کی ایک موم بتی سے اتفاقیہ آگ لگی۔ فائر انجن آتے آتے

---

[1] شوہر	[2] بیوی	[3] ماشاءاللہ۔

تین منزلہ بنگلہ جل کر خاک ہوگیا ــــ لیکن آنٹ فیروزہ تب بھی زندہ بچ گئیں ــــ آگ ہوشنگ ہی نے لگائی تھی۔

رودابہ :۔ وہ بھی بچ گیا۔ فوراً رات کے اندھیرے میں بھاگ نکلا ــــ روپوش ہوگیا۔ لیکن ڈرائینگ روم کے ملبے میں پڑی، دعوت میں آئے ہوئے کسی DATE CRASHER گمنام اجنبی کی لاش کو آنٹ فیروزہ ہوشنگ سمجھیں۔ اتفاق سے وہ بدقسمت اجنبی ہوشنگ کا ہم شکل تھا ــ آنٹ فیروزہ نے فوراً ایک آرٹسٹ بلوا کر جلد از جلد اس کا ڈیتھ ماسک بنوایا ــــ پھر لاش کی آخری رسوم ادا کی گئیں ــــ اخباروں میں چھپا کہ مسٹر ہوشنگ سروشیار مرزا اس خوفناک آتش زدگی میں نہایت ٹریجک طور سے ــــ جب وہ دھڑا دھڑ جلتے عالیشان ایوانِ نشست سے بھاگنے کی کوشش کر رہے تھے ــ (اور میزبان خاتون اور سارے مہمان اور ملازم بخیریت باہر نکلنے میں کامیاب رہے تھے)ــــ جلتے ہوئے مخملیں پردوں کے انبار میں پھنس کر جاں بحق تسلیم ــــ

ہومائے :۔ (انگلی اُٹھا کر رازدارانہ انداز میں) لیکن مجھے اور روڈی کو اصلیت معلوم ہے۔ وہ خبر غلط تھی۔ دُنیا کو دھوکا ہوا ــــ آنٹ فیروزہ کو دھوکا ہوا ــــ وہ اسی وہم میں مبتلا ہیں کہ ہوشنگ اس خوفناک رات جل کر بھسم ہوگیا۔

رودابہ :۔ اُن کا محل نما بنگلہ راکھ ہو چکا تھا ــــ اور ہم لوگوں کے سوا ان کا کوئی رشتے دار زندہ نہ تھا ــــ ہوشنگ سے بیاہ کرنے کے بعد وہ پچھلے بیس برس سے ہم سے قطع تعلق کر چکی تھیں ــــ مگر اس نازک وقت میں ہم دونوں اظہارِ افسوس کے لیے یہ سیڑھیاں اُتر کر راکھ کے ڈھیر پر پہنچے ــــ وہ املتاس کے نیچے ایک اَدھ جلی کرسی پر خاموش بیٹھی تھیں ــ چاروں طرف ان کا آتش زدہ بیش قیمت ساز و سامان بکھرا پڑا تھا ــــ ڈیتھ ماسک ان کی گود میں رکھا تھا اور اس وقت وہ تقدیر کی خوفناک دیوی معلوم ہو رہی تھیں ــــ

ہومائے :۔ لیکن آخری قہقہہ ہمارا تھا۔ ہم نے بحیثیت رشتہ دار اُن سے درخواست کی کہ وہ ہمارے یہاں آجائیں ــــ آنٹ فیروزہ اپنے تکبر اور نخوت کے لیے مشہور تھیں ــ اُنھوں نے مزید

شعلہ بار نگاہوں سے ہمیں دیکھا پھر دیتھ ماسک کی طرف اشارہ کرکے اپنی شاہانہ، جھرجھری آواز میں آہستہ سے بولیں ـــــ

" ہومائے ـــــ رعدابہ ـــــ یہ بدنصیب مجھ سے چھٹکارا حاصل کرنے کی کوشش میں جس لمحے "ہیپی برتھ ڈے" گاتے مہمانوں د بھیڑ کے پیچھے چھپ کر موم بتی کی لَو سے پردے کو آگ لگا رہا تھا میں نے اسے دیکھ لیا تھا ـــــ مگر اب بھی اسے نجات نہیں ملی۔ اس کی روان نکلتے نکلتے اپنے پیچھے اپنے نقوش چھوڑ گئی ہے ـــــ" انھوں نے ڈیتھ ماسک اوپر اٹھایا پھر گود میں رکھ لیا اور خاموش ہوگئیں ـــــ

رودابہ:۔ اس کے بعد وہ مع اس ڈیتھ ماسک اور اپنے باقیماندہ سامان چپ چاپ ہمارے یہاں دوسری منزل پر منتقل ہوگئیں ـــــ ہمارے ساتھ تعلقات حسب معمول منقطع ـــــ ہر ماہ کی پہلی تاریخ کو کرائے کی رقم کا لفافہ دروازے کی دراز میں سے اندر سرکا دیتی ہیں ـــــ

ہومائے:۔ کچھ عرصے بعد وہ مُوت کا چہرہ بھی ان کے بیڈ روم سے چوری ہوگیا ـــ وہ عبادت کے لیے آتش کدہ گئی ہوئی تھیں ـــــ واپس آئیں تو چہرہ غائب اس کے بعد سے وہ بالکل باؤلی ہوچکی ہیں ـــــ (زور سے ہنستی ہے)

داراب:۔ مسٹر ہوشنگ مرزا اب کہاں ہیں ـــــ؟

ہومائے:۔ میرا ہوشنگ بہت چالاک ہے ـــ وہ بھیس بدل کر کولابہ میں مقیم ہے ـــــ اپنی شامیں ولنگڈن کلب میں گذارتا ہے ـــــ سنیچر کی رات کو چپکے سے آکر ہمارے ساتھ کھانا کھاتا ہے اور پھر کولابہ واپس چلا جاتا ہے ـــ آج سنیچر کی رات ہے ـــــ اکلوکلاک کی چڑیا سیٹی بجاتی ہے ـــــ کوکو ـــــ کوکو ـــــ کوکو ـــــ) لو وہ آگیا۔

(ہومائے فوراً باہر جاتی ہے ـــــ رودابہ پیانو کا اسٹول گھما کر تیزی سے "ویڈنگ مارچ" بجانا شروع کر دیتی ہے۔ چند منٹ بعد ہومائے ایک وھیل چیئر ڈھکیلتی کمرے میں داخل ہوتی ہے۔ کرسی پر ایک موم کا پتلا سیاہ سوٹ پہنے بیٹھا ہے اس کے سفید موم ہاتھ دونوں گھٹنوں پر رکھے ہیں جیسے

پہلے زمانے میں لوگ تصویر کھنچواتے وقت رکھتے تھے۔ پتلے کی گردن پر خوبرو آنجہانی ہوشنگ سرشیار مرزا کا ڈیتھ ماسک فٹ کر دیا گیا ہے۔ مرحوم کا مرتے وقت استہزائیہ تبسم پلاسٹر آف پیرس میں خوفناک انداز میں منجمد ہے۔

خانم گلچہرا اسفند یاری
آغائے داراب کاظم زادہ } دہشت زدہ ہو کر چیختے ہیں ——— یا علی ——— !

(دونوں اٹھ کر بھاگتے ہیں ——— بائیں دروازے سے سرپٹ باہر نکل جاتے ہیں۔ رودابہ پیانو کے پردوں پر سر جھکائے جوش و خروش سے "ویڈنگ مارچ" بجا رہی ہے۔ ہومائے پتلے کے گلے میں نیپکن باندھتی ہے ——— سائیڈ بورڈ پر رکھے شمعدان میں موم بتیاں جلانے کے بعد شمعدان ڈائننگ ٹیبل کے وسط میں لا کر رکھ دیتی ہے اور بجلی کی روشنی کا سوئچ آف کرتی ہے)۔

ہومائے :۔ (صوفے اور پیانو کی طرف سے پشت کئے پتلے کے سامنے گلاس رکھتے ہوئے) ——— گلچہر! داراب! ڈنر از سروڈ ——— مجھے امریکنوں کا یہ رواج بہت پسند ہے ——— موم بتیوں کی روشنی میں طعام شب ——— ! اس قدر رومینٹک ———!!

(رودابہ فوراً پیانو پر FAERY WALTZ بجانا شروع کر دیتی ہے۔ ہومائے پتلے کے سامنے ڈونگے چنتی ہے۔ اب رودابہ MOON LIGHT SONATA بجانے میں مصروف ہے۔ چند منٹ بعد وہ اٹھ کر وہ میز کی سمت آتی ہے ——— دونوں بہنیں آمنے سامنے کرسیوں پر بیٹھتی ہیں۔ بیچ میں پتلا اپنی وھیل چیئر پر ذرا سا ترچھا ہو گیا ہے۔ تینوں کی پرچھائیاں شمعوں کی روشنی میں دیوار پر پھیل گئی ہیں۔

ہومائے اور رودابہ :۔ (سر جھکا کر ایک ساتھ دعائے طعام پڑھتی ہیں)۔ آنا یزامیدسے ——— اہرمزد ——— جس نے گاؤ، اناج، درختوں اور آب کی تخلیق کی ——— ہر لقمے کے ساتھ خورداد[1] اور امرداد[2] کی برکت نازل ہو ——— اور یہ کھانا نوشش[3] کی مانند ہو اور عقل اور ذہانت عطا کرے

---

[1] [2] فرشتوں کے نام [3] شہد

گنہ شکستہ صد ہزار بار ——

ھومائے :۔ (سر اُٹھا کر صوفے کی طرف مڑتی ہے) داراب! —— گلچہر —— ! آؤ —— ارے —— یہ دونوں کہاں چلے گئے ——؟

رودابہ :۔ (چونک کر) چلے گئے ——؟ (رک کر) اب مجھے ان کے متعلق شبہ ہو رہا ہے —— آخر یہ دونوں تھے کون ——؟

ھومائے :۔ نیورمائنڈ —— کوئی پاگل لوگ تھے —— کھانے کے لیے اتنا روکا اور اس آندھی اور طوفان میں نکل بھاگے —— کریزی فارنرز ——

رودابہ :۔ ہاں —— آج کل پاگلوں کی دُنیا میں کمی نہیں —— نہ جانے کیسے کیسے خبط الحواس آجاتے ہیں ہمارا وقت ضائع کرنے —— (اچانک خوفناک قہقہہ لگا کر) اچانک غائب —— بھوت تو نہیں تھے ——؟

ھومائے :۔ کریزی فارنرز —— پاگل —— خیر —— ہوشنگ ڈیر —— یہ سوپ لو —— (پیچھے سے سوپ نکال کر ڈیتھ ماسک کے ہونٹوں تک لے جاتی ہے —— موت کا چہرہ اپنی لرزہ خیز منجمد مسکراہٹ کے ساتھ بھیانک زاویے سے پلیٹ پر آگے کو جُھک آتا ہے۔ باہر بارش اور طوفان بڑھتا جا رہا ہے —— بلیوں کے رونے کی آواز —— بجلی کی چمک —— سمندر کی گرج —— دریچے میں سے ہوا کا تیز جھونکا اندر آتا ہے جس کی وجہ سے موم بتیاں جھلملا کر بُجھ جاتی ہیں —— اسٹیج پر اندھیرا چھا جاتا ہے —— اس تاریکی میں ہومائے اور رودابہ باری باری چمچوں سے ڈیتھ ماسک کے منہ پر سوپ انڈیل رہی ہیں —— پردہ آہستہ آہستہ گرتا ہے۔)

غیاث احمد گدی

میمنہ

"ممی تو مجھے آنے ہی نہیں دے رہی تھیں...... ۔" لڑکی نے کہا اور گردن نکال کر باہر دیکھنے لگی۔ اس وقت اس کے ذہن میں کوئی چیز نہیں تھی۔ نہ کوئی ڈر نہ خوف جس آدمی کے ساتھ وہ جا رہی تھی اسے اس پر اعتماد تھا۔ آج نہیں تو کل جو کچھ اس کے پاس ہے اس آدمی کا ہو جائے گا۔ پھر مجھے کیا فکر۔ اپنی چیز کو وہ آپ سنبھالے۔

دودھیا رنگ کی فیٹ تیزی سے بھاگی جا رہی تھی۔ ہوا کے تیز جھونکے۔ اُس کے سنہرے باب کٹے ہوئے بالوں کو دھکیلے چلے جا رہے تھے۔ وہ باہر کھیتوں کی ہریالی میں کھوئی رہی۔ جہاں صبح زندگی جلوہ آرائیوں میں یوں مصروف تھی کہ دُور دُور تک روشنی پھیل گئی تھی" روشنی اور تازگی" حسن اور نغمگی " رنگ اور ترنگ" خواب ناک سچائیوں کی نقاب نہ جانے کہاں کھو گئی تھی" اور اب جو تھا کھرا تھا" سچا تھا اور خوبصورت تھا۔

دفعتاً سامنے ایک چھوٹا سا سفید سفید میمنہ دوڑتا ہوا گاڑی کے سامنے آگیا۔ نوجوان نے بے حد پھرتی اور تیزی سے اسٹیرنگ کو کاٹا۔ پہیئے ترچھے ہوئے اور میمنہ کو چھوتی ہوئی گاڑی ایک طرف کو کھڑی ہو گئی۔ لڑکی کے منہ سے چیخ نکل گئی۔

سڑک پر گرا ہوا میمنہ اُٹھا اور لنگڑاتا ہوا نیچے کھیتوں میں اُتر گیا۔ لڑکی نے اور خود اس

نوجوان نے اطمینان کا سانس لیا۔ بچ گیا۔

"ہاں" بال بال بچا ..."

گاڑی اسٹارٹ ہوئی۔ سامنے دور تک دوڑتی ہوئی لمبی سڑک پر نظریں جمائے جمائے نوجوان نے ذرا پلٹ کر لڑکی کی طرف دیکھا اور مسکراپڑا۔ اس کا ہاتھ اسٹیرنگ وھیل پر سختی سے جما ہوا تھا۔ ایک دوراہا آیا۔ بھاگتی ہوئی فیئٹ کو اس نے ہلکے سے بریک دیا اور اُتر کو جانے والی سڑک پر گاڑی کو ڈال دیا۔

"ممی اکیلے کیوں آنے نہیں دے رہی تھیں... ..."؟

پتہ نہیں کیوں... ... شاید انھیں ڈر ہو کہ تم مجھے بھگا کر نہ لے جاؤ۔ لڑکی بیساختہ ہنسی۔ کچھ عجیب سی دُھلی دھلائی سی ہنسی۔ جواب میں نوجوان بھی ہنسا جو پچھلے سترہ دنوں سے منگیتر کی حیثیت سے اس کی زندگی میں داخل ہوا تھا۔ لڑکی کی بات سُن کر وہ ہنسا ضرور لیکن اس سلسلے میں کچھ کہنے کے بجائے اس نے ایک الگ بات کہی۔

"رما تم ہنستی ہو تو ایسا محسوس ہوتا ہے... ..."

"کیسا محسوس ہوتا ہے" اس نے پلٹ کر نوجوان کی طرف دیکھا اور مسکرا پڑی اب ہونے لگے رومانٹک ذرا میں۔"؟؟

"نہیں یہ بات نہیں ہے۔" نوجوان نے ایک نظر لڑکی کی طرف ڈالی اور پھر سڑک کو دیکھنے لگا "سچ کہہ رہا ہوں تم ہنستی ہو تو... ... لگتا ہے کہیں کوئی پرندہ، کوئی کبوتر پھڑپھڑا رہا ہے... ... !

"کبوتر نہیں جناب فرشتہ کہئے فرشتہ" لڑکی نے قطع کلام کرتے ہوئے ذرا اتراکر کہا "جناب آپ نے میرا رول دیکھا ہے ڈرامے میں" وہی فرشتہ ہوں ... لیکن آپ۔

"میں۔"

وہ لڑکی پھر کھلکھلا کر ہنسی۔ "آپ شیطان بنے تھے نا... ..."

اتفاق سے اسے ڈرامے میں حصہ لینا پڑا تھا۔ ڈرامے سے اس کی دلچسپی صرف کالج کے دنوں تک تھی، اب یہ شوق کہاں وہ ہر روز لڑکی کو ریہرسل کرانے کلب لے جایا کرتا تھا۔ کل رات ڈرامہ ہونے والا تھا اور کل ہی لڑکا نہیں آسکا تھا جس کا ایک خاص رول تھا سارے لوگ پریشان تھے۔

لڑکی کی سہیلیاں بدحواس سی مری جارہی تھیں۔ تب اس نے اپنے آپ کو اس رول کے لیے پیش کردیا۔ لڑکی اور اس کے تمام دوستوں کو بے حد حیرت ہوئی لیکن تین چار گھنٹے اپنا رول اور مکالمہ یاد کرنے کے بعد جب وہ اسٹیج پر اُترا تو سب دنگ رہ گئے۔

"لیکن کمال کردیا آپ نے، ایسی اداکاری ایک دم سے جنوین ہوتی ... ..."

واقعی اداکاری ایسی غضب کی ہوئی تھی کہ لوگ دنگ رہ گئے تھے۔ ایک وحشی شیطان جب سنہرے بالوں والے فرشتے کی طرف جھپٹا تو تماشائیوں کی سانس اُکھڑنے لگی۔ ایک بار تو وہ لڑکی بھی یوں ڈرگئی کہ اس کا دل دھڑک اُٹھا۔

"اچھا تو بتلایئے تو کتنے دن ہوئے آپ کو یہ سب چھوڑے ہوئے ... ..." لڑکی ریشمی اسکارف ڈھیلا کرتے ہوئے بولی۔

سوال معمولی تھا بے حد معمولی۔ لڑکی نے تو ڈراموں میں حصہ لینے والی بات پوچھی تھی لیکن لڑکی کی یہ بات سن کر نوجوان کا دل دھڑک اُٹھا۔ ... "اس کا پاؤں سختی سے ایکسیلیٹر پر پڑا یکایک گاڑی کی رفتار تیز سے تیز تر ہوگئی۔ اس کے ہاتھ شدت سے اسٹیرنگ کو پکڑے ہوئے تھے۔ تیزی سے فیٹ سائیڈ کے دونوں پہیوں پر گھسٹتی ہوئی کچھ دور تک چلی، پھر اچانک سیدھی ہوگئی۔ اس کی رفتار بھی کم پڑگئی۔

"ارے باپ رے ... ... اوہ، کیا وحشت میں چلاتے ہو بھائی ... ... ابھی کچھ ہوجاتا تو"

کچھ نہیں رما، کچھ نہیں ہوتا" اس نے گھبراہٹ چھپانے کی کوشش کی۔" اور میرے

ہوتے ہوئے تمھیں کچھ ہو بھی کیسے سکتا ہے۔"

لڑکی پر کئی بوتلوں کا نشہ چھا گیا۔ اس نے پلٹ کر نوجوان کی طرف پیار سے دیکھا' سانولے چہرے پر ہلکی سرخی بکھری ہوئی تھی۔

اس نے پیار بھرے جذبات میں ڈوبے ہوئے لہجہ میں پوچھا۔

"اگر کچھ ہو جاتا تو ...."

"لیجئے اب آپ ہونے لگیں رومانٹک ...... !"

پھر دونوں زور زور سے ہنسنے لگے۔

باہر صبح کاذب بکھر گئی تھی۔

کہاں سے یہ آدمی آیا' اور کب اس کی زندگی میں چپکے سے داخل ہو گیا۔ جب آدھی رات کو چاندنی تالاب میں دبے قدموں اُتر آئی ہے اور سارے تالاب اس کے اندر اور باہر کو جگمگا دیتی ہے۔ ایسا ہی کچھ محسوس ہوا۔ اس نے بند آنکھوں سے دیکھا۔ سامنے کون تھا ... ... کوئی ہوگا ... ... اس کے چہرے پر گرم گرم سی بھاپ پڑی تو اس نے آنکھیں کھول دیں۔

"ارے باپ" اس کے منہ سے بے اختیار نکل گیا۔ جلدی سے اس نے چہرہ دوسری طرف کر لیا۔ وہ نوجوان ہنس پڑا۔ ذرا دیر۔ پانچ سکنڈ اور آنکھیں بند رہیں تو ... ... بس

"چُپ ... ..." لڑکی ہنسی" جان سے مار دوں گی .. ... ہاں"

نوجوان نے اسے پیار بھری نظروں سے دیکھا اور مسکرا پڑا۔ ۲۵ دن ہو گئے اس شہر میں آئے ہوئے کیسے وہ اپنی ماں کے اصرار پر لڑکی دیکھنے چلا آیا تھا۔ بڑی بے دلی سے۔ وہ جانتا تھا۔ ہوگی کوئی سونے چاندی میں مڑھی ہوئی ہر وقت سنگھار پٹار میں معروف رہنے والی لڑکی۔ لیکن لڑکی دیکھی تو عجیب سا لگا۔ پہلے وہ سمجھا کوئی اور ہوگی۔ رما کی چھوٹی بہن۔

جب اس نے پوچھا کہ "ممی" رما کیا یہاں نہیں ہے۔

"ارے نہیں بھئی" میں ہی رما ہوں ..... "اور وہ ہنستی ہوئی ممی پر لد گئی تھی۔ اسے

عجیب لگا۔ اتنی چھوٹی سی بچی سی ایسی معصوم سی لڑکی کو کیا کرے گا۔ شادی کے لیے تو بھرپور عورت چاہیے، دانا سمجھدار۔ جو اس کے جذبات کو اس کی ضرورتوں کو سمجھ سکے یہ لڑکی .... تو ....

وہ دوسرے ہی دن چلا جانا چاہتا تھا کہ رمّا نے اسے ریہرسل میں چلنے کے لیے کہا۔

ہم لوگ بہار کے قحط زدوں کے لیے ایک ناٹک کھیل رہے ہیں۔ چلئے میری دوست کے یہاں ریہرسل پر وہاں آپ کو بہت اچھے اچھے لوگوں سے ملاؤں گی" رمّا کے اصرار میں کچھ ایسی بچوں کی سی معصومیت تھی کہ وہ انکار نہ کرسکا۔

اور یوں وہ رُک گیا۔ ایک سے دو، دو سے پچیس دن ہوگئے۔ رفتہ رفتہ رمّا اسے پسند آنے لگی۔ پھر یوں ہوا کہ رمّا کی باتیں، رمّا کی ہنسی، چال ڈھال، اُٹھنا بیٹھنا سب اسے اچھا لگنے لگا۔

اور رمّا، رمّا تو کچھ نہیں جانتی تھی۔ اسے تو جیسے ہی معلوم ہوا کہ یہ مرد جو اس کے سامنے کھڑا ہے وہ اس کا منگیتر ہے، اور اس سے ملنے آیا ہے وہ اسے اپنا سا لگنے لگا۔ جانے آگے کیا ہو، شادی ہوگی بھی یا نہیں۔ ہوگی تو نبھے گی یا نہیں اتنا سوچنے کی اسے فرصت تھی نہ ضرورت بس ٹھیک ہے سب ٹھیک ہے کوئی تکلیف نہیں، کوئی بناوٹ نہیں۔ وہ دوسرے ہی دن سے یوں پیش آنے لگے جیسے اس کی پُرانی جان پہچان ہے

دو ہی دن کے اندر وہ مہمان جو اس کو دیکھنے آیا تھا، اس سے رمّا یوں گھُل مل گئی جیسے کوئی خاص بات ہی نہ ہو گویا وہ اس سے برسوں سے واقف ہو۔ گھر میں اس کی بوڑھی ماں تھی جو شوہر کے مرنے کے بعد یا چولہے چوکی میں پھنسی رہتی یا پھر اپنے کمرے میں چپ چاپ لیٹی مرحوم شوہر کی تصویر کو گھورا کرتی۔ چھوٹا بھائی یا تو باہر میدان میں گیند کھیلتا رہتا یا پھر اسکول میں ہوتا۔ ایسی حالت میں رمّا ہی اپنے مہمان کی دیکھ بھال کرتی۔ وہ بڑی لاپروائی سے صبح سویرے چائے کی ٹرے لیے مہمان کے کمرے میں بغیر دستک دیے بے جھجک گھس جاتی اسے جگاتی، چائے کی پیالی پکڑاتی اور جلدی سے غسل خانے میں جانے کے لیے کہہ کر باہر چلی جاتی۔

وہ نوجوان خاموشی سے لیکن گہری نظروں سے دیکھتا رہتا۔ یہ کیسی لڑکی ہے۔ ذرا جھجک نہیں، ذرا خوف نہیں۔ یوں رات دن دوپہر اکیلے میں اس کے کمرے میں آجاتی ہے، ہنستی ہے، بولتی ہے۔ کچھ محسوس نہیں کرتی کہ زندگی کبھی کبھی کھسوٹ لیتی ہے۔ کوئی گرم ہوا کا جھونکا اس کو چھو کر چلا جائے تو......؟

لیکن گرم ہوا کا جھونکا کہیں نہیں ہوتا۔ صرف ٹھنڈک ہی ٹھنڈک ہوتی، چھاؤں ہی چھاؤں، چاندنی ہی چاندنی مجھے خود تعجب تھا۔

دیکھئے جب ہماری شادی ہو جائے گی۔ اور آپ یوں اتنی دیر تک سوتے رہیئے گا تو جانتے ہیں میں کیا کروں گی۔

کیا کروگی۔ وہ پیار سے اس کی طرف دیکھتا۔

"ماروں گی آپ کو ایک تھپیڑ ... ...

"ارے اچھا چلو ابھی ممی کو کہتا ہوں ......"

"چلئے" اور وہ اس سے پہلے ہی ممی کو کہہ دیتی "ممی میں ان کے ساتھ کیسے نبھا سکوں گی۔

"ممی تعجب سے اور غصہ سے اس کی طرف دیکھتی" کیا بک رہی ہو رنما ... ..."

"یہی ماں یہ کہتے ہیں کہ تم جس دن دیر سے سو کر اُٹھو گی تو خوب پیٹوں گا ... ... ایسے آدمی سے ... ...

"ممی زور سے ہنس دیتی" ٹھیک ہی کہتا ہے میرا بیٹا .... پٹے بغیر تو ڈھنگ سے کبھی نہیں رہے گی۔ وہ نوجوان بھی ہنس دیتا، رنما کو ذرا چھیڑنے کے لیے کہہ اُٹھتا ... نہیں ممی یہ خود کہتی ہے کہ ... ..."

رنما تڑپ کر اٹھتی اور اپنا ہاتھ اس کے منہ پر رکھ دیتی ... ... "ارے ارے، کیا آپس کی سب باتیں ممی سے کہہ دو گے۔

نہیں فقط پٹنے والی بات ... ..."

"اب بس کرو بھئی ۔۔۔۔۔۔ رما اٹھ کھڑی ہوئی اور جلدی سے بات موڑنے کی کوشش کی۔ "اچھا بھئی شادی کے بعد پیٹ بھیجے گا۔

دفعتاً گاڑی رُک گئی۔

"تم سے ایک بات پوچھنی ہے۔ اس نے ذرا سنجیدہ ہو کر کہا۔

"لو یہ بھی کوئی پوچھنے کی جگہ ہے"۔ اس نے سامنے نظر آنے والے گاؤں کی طرف دیکھا۔ جہاں صبح کی پہلی دھوپ اور گھروں سے اُٹھنے والا دھواں آپس میں خلط ملط ہو رہے تھے۔ سارا گاؤں کہانیوں کی طرح عجیب اور پُراسرار معلوم ہو رہا تھا۔ وہ ذرا دیر کے لیے اس کو بھول گئی اور باہر کی پُراسرار دنیا کی خوبصورتیوں میں بہہ گئی۔

"رما سچ سچ بتاؤ"۔ ابھی ابھی جواب دو"۔ نوجوان نے سگریٹ نکالا اور دیا سلائی دکھادی۔

"مگر کیا بھئی۔۔۔۔۔ رما باہر کی طلسمی صبح کے ماحول سے لوٹ آئی اور نوجوان کی طرف مُسکراتے ہوئے یوں دیکھا کہ وہ اپنا سوال بھی بھول گیا۔

"یہی، یہی کہ تم مجھے پسند کرتی ہو نا۔

"ارے تو اس نے اپنی پیشانی پر ہاتھ مار لیا۔" کھودا پہاڑ اور نکلی چوہیا بھی نہیں میں نے سوچا جانے کیا کہنا ہے، اسے، جواب یہ ہے کہ ۔۔ نہیں صاحب بالکل نہیں ۔۔۔۔۔

"سچ" نوجوان جانتا تھا کہ وہ لڑکی سنجیدہ نہیں ہے۔ پھر بھی ذرا تشویش ہوئی۔ وہ سمجھ نہ سکا۔

"بالکل سچ"۔

" پھر مجھ سے شادی کیوں کرنا چاہتی ہو۔ بھلا"۔

"اب چلو نا بھئی ۔۔۔۔۔۔ تم بھی عجیب سے شکی آدمی ہو۔ ایک دم سے بدھو ہو جیسے۔

"تم رما جب تک میری اس بات کا جواب نہیں دوگی تب تک گاڑی ایک انچ آگے نہیں بڑھے گی"۔

"اچھی مصیبت ہے ۔۔۔۔۔ بچوں کی طرح ضد کرتے ہو ۔۔" رما ذرا سی چڑھ گئی لیکن

ساتھ ہی ہنس بھی پڑی۔

"ارے بھئی شادی اس لیے کرنا چاہتی ہوں کہ تم بے حد دولت مند جو ہو ... ... تمھیں پتہ ہے آج کل یورپ میں لڑکیاں ڈھونڈ ڈھونڈ کر ایسے مردوں سے شادی رچاتی ہیں جن کے پاس پیسے بہت اور عقل کم بہت کم ہوتی ہے۔ تاکہ بیوقوف شوہر کی دولت اور اپنے حسن سے غیر مردوں کو زیادہ سے زیادہ رجھا سکیں۔

" نوجوان کھلکھلا کر ہنس پڑا اور گاڑی اسٹارٹ کردی۔

" لیکن ذرا دیر بعد لڑکی نے پلٹ کر اس کی طرف دیکھا۔ وہ خاصا سنجیدہ ہو رہا تھا۔ اسے اپنے اس مذاق کے ردّعمل کی توقع نہ تھی لیکن جب اس کے چہرے پر عجیب سا رنگ دیکھا تو دفعتاً اسے بڑا مزا آیا۔ وہ چور نظروں سے اس کی طرف دیکھ لیتی اور اندر ہی اندر ہنس پڑتی۔

"گاڑی اپنی رفتار سے ہموار سڑک پر چلی جا رہی تھی۔ دو رویہ درختوں کی قطاریں تیزی سے سر جھکائے اُلٹے قدموں بھاگی جا رہی تھی۔ رنا کو ایک عجیب لطف آرہا تھا اُس نے زندگی میں کبھی کسی ایسے آدمی کے ساتھ سفر نہیں کیا تھا جس سے اس کا کوئی رشتہ بھی نہ ہو اور اجنبیت کے باوجود بھرپور اعتماد بھی ہو۔ یہی وجہ ہے کہ آج وہ پہلی بار کسی مرد سے اتنا کھُل کر مذاق بھی کر رہی ہے۔

" لیکن نوجوان پر اس کا اچھا اثر نہ پڑا۔ اسے کچھ عجیب سی بے چینی محسوس ہو رہی تھی۔ ذرا دیر بعد اس نے اپنے آپ کو جھٹک دیا اور خود کو ہلکا کر لیا۔

" مذاق " مذاق تھا۔ ایک نوخیز سی کمزور سی لڑکی پہلو میں بیٹھی تھی اور بڑی بے فکری سے بیٹھی تھی، اسے کسی بات کا خوف جھجک بھی نہیں۔

" تو آپ بھی میرے پیسوں سے عاشقوں کو رجھایا کریں گی۔ کیوں؟"

" ضرور۔ "

" کتنے عاشق ہیں آپ کے؟"

"فی الحال تو ایک ہی ہے .... ویسے .. ..." بہت دیر سے ضبط کی ہوئی ہنسی اس کے اختیار سے باہر ہوگئی اور وہ کھلکھلا پڑی۔

" پھر وہی پروں کی پھڑپھڑاہٹ ..... "

لیکن وہ کچھ اور سوچ رہا تھا۔ عجیب بات ہے۔ اس کی زندگی میں کتنی لڑکیاں آئیں۔ راتوں کو آباد کیا اور چلی گئیں۔ جسم ہی جسم، جو خوشی سے تیار نہ ہوئی اس نے پیسوں کے آگے سر جھکا دیا اور جسے پیسہ بھی نہ جھکا سکا وہ اس کے مضبوط بازوؤں میں تڑپ کر رہ گئی۔ جوانی کی پندرہ برس کی طویل مدت میں رنگ و بو کی طرح کتنی ہی حسین راتیں آئیں اور اس کے ایمان کو بہکا کر چلی گئیں۔ کتنے ہی خوبصورت جسم جلے بیچے اور اس کی آنکھوں کے سامنے راکھ کی مانند بے رنگ اور پھیکے ہوگئے۔

مگر یہ لڑکی .....

لیکن اس سے پہلے ایک لڑکی اس کی زندگی میں اور آئی تھی۔ سنبل وہ بھی ایسی ہی تھی، اسے یاد آیا۔ وہ بے حد نازک، بے حد خوبصورت، بے حد محبت کرنے والی، اس کی باتوں میں اس کے انداز میں اس کی گفتگو میں جانے کیا چیز تھی کہ وہ ہمیشہ اسے اُلجھائے رہی۔ اس کی نگاہوں کو آگے بڑھنے ہی نہیں دیا۔ جانے کیا چیز تھی جو سنبل کے جسم کی حفاظت کرتی رہی تھی اس کی اداؤں میں عجیب جادو تھا جس کے باعث ہر وقت کہرہ اس پر چھایا رہتا۔

احساسات میں ٹھنڈی آنچ سی سُلگتی رہی۔ اس کا وجود موم کے ٹکڑے کی طرح ذرا نرم سا ایک سَرمستی کے عالم میں سنورتا رہتا۔ کمہار کی کچی مٹی کی طرح سنبل کی آواز اس کے سارے وجود کو آہستہ آہستہ الگ الگ شکل دیتی رہتی۔ جدھر چاہتی اس کا رُخ موڑ دیتی۔

کبھی کبھی جب وہ اکیلا ہوتا، بہت سوچتا ایسا کیوں ہوتا ہے۔ اس ذرا سی لڑکی میں کیا چیز ہے جو اس کے سارے جذبات پر سخت پہرے دار کی طرح چوکس رہتی۔

زندگی کے گہرے رنگوں میں ہر جگہ سنبل کا اپنا رنگ بڑا شوخ، بڑا واضح تھا اور وہ رنگوں

کے شور میں کمزور اور مجبور آواز کی طرح گم ہو جاتا۔

ہزار خواہش ہونے کے باوجود وہ سنبل کے سامنے کچھ سوچ نہیں سکتا۔ اور تب وہ سوچتا کہ سنبل سے کوئی رشتہ ضرور ہے۔ ایسا جو بے حد مقدس ہے۔ ایسا جو بے حد پاکیزہ ہے۔

یقین سے دور وہاں بھی جہاں اندھیرا ایک چراغ کی طرح روشن رہتا ہے۔ وہ اپنے آپ کو سر بہ زانو پاتا اور خاموشی سے آس پاس تکتا رہتا جیسے اس کے سوچنے کی' سمجھنے کی' کچھ کرنے کی ساری طاقت سلب ہو گئی ہو۔

اس نے بڑے سے دریچے کے باہر کھلے آسمان کی نیلاہٹوں میں کالے کالے بادلوں کو ایک دوسرے کے تعاقب میں بھاگتے ہوئے دیکھا' دوڑتے ہوئے آگے پیچھے ایک خاص فاصلہ بناتے ہوئے وہ دونوں بھاگے جا رہے تھے کہ اس نے دیکھا دفعتاً تعاقب کرنے والے سفید بادل نے اگلے کو جا لیا...... پھر دونوں ایک دوسرے میں مدغم ہو گئے۔

اس نے آنکھیں بند کر لیں کتنے برس ہو گئے وہ سنبل کو اپنی زندگی کا رفیق بنانا چاہتا تھا۔ زندگی کی ساری سیاہیاں اس کے قدموں میں بکھیر دینا چاہتا تھا۔

اور چاہتا تھا' اور چاہتا تھا...... ...

لیکن یہ سب نہیں ہوا اور جو کچھ ہوا وہ اسے یاد بھی نہیں کرنا چاہتا۔ سنبل کیسی گہری اور تہہ دار شخصیت کی مالک تھی۔ اس کے سارے خواب ٹوٹ گئے کرچی کرچی ہو کر اس کے آنگن میں بکھر گئے۔ وہ ایک معمولی دربان کے ہاتھوں میں موم کی گڑیا کی طرح .. ..

بہت دیر تک مہینوں وہ دیکھتا رہا۔ سوچتا رہا۔ سوچتا رہا۔ پھر ایک دن اس کے لبوں پر زہر خند ابھرا اور اس دن اس نے جھاڑو لے کر ان ساری کرچیوں کو بٹور کر باہر کسی تاریک گڑھے میں پھینک دیا۔

لڑکیاں سب ایک سی ہوتی ہیں۔ سب ایک سی صرف اوپر سے ملمع معلوم ہوتا ہے جو ذرا سی آنچ سے اتر جاتا ہے۔.... ... ..

کیا سوچ رہے ہو۔۔۔" بہت دیر تک خاموشی دیکھ کر لڑکی نے پوچھا۔
گاڑی اب سڑک کے ڈھلان میں تیزی سے بھاگتی جا رہی تھی۔ اس نے رفتار کو کنٹرول میں کرنے کے لیے ہلکے سے بریک پر دباؤ ڈالا۔ گاڑی کی رفتار ذرا سست ہوئی۔ گہری نظروں سے لڑکی کی طرف دیکھتے ہوئے اس نے آہستہ سے کہا۔
"رما ابھی میں تم سے کچھ مانگوں تو تم مجھے مایوس تو نہیں کروگی ...... مجھے دے سکوگی"
"کیا" لڑکی نے تعجب اور اپنائیت سے جواب دیا۔ ذرا دیر اس کے چہرے کی جانب دیکھتی رہی پھر دفعتاً سب کچھ اس کی سمجھ میں آگیا۔ ایک طوفان سا اُٹھا۔ سمندر کی ایک تیکھی لہر چیختی ہوئی آگے بڑھی بڑے شور سے نیلا آسمان ٹوٹا۔۔۔۔۔ لیکن چند منٹوں میں سب کچھ تھم گیا۔ اس نے اطمینان کا ایک لمبا سانس لیا اور ٹھہراؤ سے جواب دیا۔
"ہاں ضرور" اس نے اپنے پیروں کی طرف دیکھا اور سنجیدگی سے بولی۔ کچھ کیا، تم چاہو تو سب کچھ تمھارے قدموں میں ڈال دوں گی۔
جواب سُن کر نوجوان کے ہونٹ بھنچ گئے۔ آنکھیں سُرخ ہونے لگیں، اس نے اور گہری نظروں سے اسے دیکھتے ہوئے لرزیدہ آواز میں پوچھا۔
"سب کچھ .... سب ......"
"ہاں، سب کچھ۔۔۔۔" لڑکی نے اطمینان اور سادگی سے جواب دیا"
"وہ سب کچھ جو تمھارا ہے۔۔۔"
جواب خلاف توقع تھا۔ نوجوان چونکا۔ پیشانی پر تیوریاں اُبھریں۔ کئی گہری گھاٹیوں میں صحیح و سالم نکل کر وہ باہر آیا اور پوچھا۔
"اور وہ سب کچھ جو میرا نہیں ہے۔
"وہ تو میرا ہے۔ چھوٹا سا سفید سفید میمنہ کی طرح پیارا پیارا ۔۔۔۔"
لڑکی نے ہنستے ہوئے معصومیت سے جواب دیا" اسے تو جب ہی دوں گی جب میرا

جی چاہے گا ... ..."

"ایک معمولی سی سادہ سی لڑکی کیا کہہ گئی۔ اس نے پل بھر میں اپنی طویل زندگی کا جائزہ لیا۔ ایسی سیدھی صاف اور دوٹوک بات ... ... اس نے کبھی نہیں سُنی تھی ... کبھی نہیں۔

" ذرا دیر بعد اس نے آہستہ سے مگر مضبوط اور تیکھے لہجے میں کہا۔

" اگر میں تمھارے میمنے پر اپنی تیز رفتار گاڑی چڑھا دوں ... ... اسے روند ڈالوں ... ..."

" ابھی اس کا فقرہ ختم بھی نہیں ہوا تھا کہ لڑکی ہنس پڑی۔

" چہ چہ" تو میرا میمنہ بے چارہ ... ... مر جائے گا۔"

پلٹ کر نوجوان نے لڑکی کے چہرے کی طرف دیکھا۔ اس کے کلیجے پر ایک نشتر سا ٹوٹا۔ باتوں باتوں میں لڑکی کتنی بڑی بات کہہ گئی۔ وہ بہت دیر تک رما کے چہرے کو دیکھتا رہا۔ جہاں سنجیدگی تھی، وقار تھا، پُراعتماد سکون۔

گاڑی تیزی سے سڑک پر بھاگتی رہی۔ جب وہ ڈھلان ختم ہو گیا اور سڑک ذرا کشادہ ملی تو اس نے دھیرے سے گاڑی کو بیک کیا اور واپس گھر جانے والی سڑک پر ڈال دیا۔

"ارے کیا گھر واپس جا رہے ہو ... ... گھاٹی دیکھنے نہیں چلو گے۔

"نہیں " اس کا ہاتھ سختی سے اسٹیرنگ وھیل پر پڑا۔" نہیں چلو جلدی سے دیکھیں وہ میمنہ جو کیچڑ میں اُتر گیا تھا اسے کہیں زیادہ چوٹ نہیں آئی۔"

" کچھ دیر تک لڑکی سمجھ نہ سکی۔ اس نے پلٹ کر نوجوان کے چہرے کی طرف دیکھا جو شانت تھا۔ یوں جیسے آسمان پر سے سارے کالے بادل چھٹ گئے ہوں ... ...

دفعتاً وہ آدمی اسے اتنا پیارا لگا کہ اس کا جی چاہا اپنا وہ چھوٹا سا سفید سا خوبصورت میمنہ چپکے سے اس کی گود میں ڈال دے ... ...

باہر ساری فضا سنہری دھوپ میں خوبصورت دلوں کی طرح چہک رہی تھی ... ...

* * *

۲۰ویں صدی کے منتخب یادگار افسانوں کا ایک اور مجموعہ

چابی کھو گئی

مرتبہ : ادارہ آج کل

بین الاقوامی ایڈیشن جلد منظر عام پر آ رہا ہے